きょうはそういう感じじゃない

宮沢章夫

河出書房新社

きょうはそういう感じじゃない

目次

Ⅰ　オール・アバウト・ネクストマンス

I

オール・アバウト・ネクストマンス

「オール・アバウト・ネクストマンス」とはなにか。

単純に日本語に翻訳すれば「来月のすべて」である。そんな直訳でこの連載タイトルが理解できるのだろうか。なにか裏の意味が隠されているのではないか。もしかしたら、特別な英語のことわざのようなものではないか。それとも、俗語として英語圏のある土地で使われている言葉なのか。

そんなことはまったくない。

文字通り「来月のすべて」だ。そうに決まってるじゃないか。細かいことなど考えてタイトルを付けるものか。深い意味などあるわけないじゃないか。では、そこにどんな意図があるのか。まったくありません。あるわけがない。いったい「来月のすべて」になにがあるというのだ。読んで字のごとしだ。来月のすべてなんだよ。それ以上でも、それ以下でもない。では来月についての情報が満載されているのかと思ったら大間違いだ。そんなものを私が書けるわけがない。ネットでもなんでもいいから自分で検索してもらいたい。

では、「来月のすべて」とはいったいなんのことか。

かつて、というのは一九九〇年代の末のことだが、さまざまなメディアが「世紀末」について語っていたことがあり、それが釈然としなかった。なぜなら世紀末よりもっと具体的に考えるべきことがあったからだ。

「月末」である。

そうなんだよ。月末なんだよ。世紀末より月末のほうが私には切実な問題だったのだ。まず、たまたまだったかもしれないが、原稿の締め切りがたいてい月末だ。なにかと支払いは月末である。「ああ、今月もなにもしないで過ぎてしまった」と頭を抱えるのも月末だし、「なんだよ、もう今年もあと半年かよ」とか、「なんだよ、もう今年もあと三ヶ月か、早いよな、時間が過ぎるのは」とひどく当たり前のことを口にしてしまうのも月末である。メディアは「世紀末問題」を煽りたてていた。ノストラダムスの予言では一九九九年に地球は滅亡するのではなかったか。もっというなら「世紀末」はさまざまな意味で人を不安にさせた。だがそんなことはどうだってよかったのだ。

「月末問題」である。

目先のことがなにより大事だ。そしていまこそ、「オール・アバウト・ネクストマンス」だ。来月のことを考えなくてはならない。人はしばしば、未来のことを考えろとか、もっと先のことを考えて行動しろなどととんでもないことを言う。来月だよ。来月をないがしろにしてそれでいいわけがない。なぜなら来月はすぐ来るからだ。じゃあ、先月のことはいいのかと疑問に思う向きもあるだろうし、再来月はいいのかと心配する人もいると想像する。大丈夫だ。なぜなら、先月はもう過ぎたことだからだ。振り返るな。英語で言うなら、「Don't Look Back.」だ。ボブ・ディランもそう言っている。そして、来月になれば「再来月」は「来月」である。なにも心配することはない。

さて、では「オール・アバウト・ネクストマンス」はなにが書かれるのか。どういう内容の連載になるのか誰もが疑問を抱くのは当然だ。

行き当たりばったりである。

そうに決まっているじゃないか。なぜなら、「オール・アバウト・ネクストマンス」なんだし、先のことがわかるくらいなら俺は予言者になっているだろう。占い師になって大もうけしてもいいくらいだ。だが、私には先のことはわからない。来月がどうなるかなんて知るものか。

だが、常に人は少し先を考えなくてはいけない。来月である。来月のすべてを考えるべきである。

父親について。

人には、いまはもう会うことが適わない人も含め、だいたい父親がいる。そして話を聞くと幸福な家庭に育ちいい父親に恵まれた者もいれば、ニュースにもなるような暴力的な父親によって不幸になるケースもある。さまざまだ。父親について語りたくない人もいるだろう。けれど、たいてい人は父親を語る。さまざまな語りがある。たくさんのエピソードがありそれぞれ面白い。だが、最近聞いたある人の父親の話に私は驚かされた。

「父親がどんどん左とん平に似てゆく」

まだ若い女性がそれを語った。ひどくいやなものを語るような口ぶりだったが、私には「左とん平」に似てゆく父親はとても魅力的に感じるがどうなのだろう。だったら、かっこいい男に父親が似てゆくとしたらどうか。それが幸福だろうか。

「エグザイルに似てゆく父親」

俺はいやだよ。朝、起きて食卓に行くと、そこにエグザイルがいるのだ。髪は長いが、少しすそを刈り上げた髪形だ。ことによったら髪を後ろで縛ってるかもしれないし、変に日焼けしてるかもしれないのだ。あと、顔も髪もてかてかしてるイメージがある。いやだよ、そんな父親は。

しかし、そんなことより「父親がどんどん左とん平に似てゆく」の問題点は、その文章が進行形という点にある。つまり、「父親が左とん平に似ている」ではないのだ。ものごころついたときに「うちのお父さん、左とん平に似てる」と気づくのではない。最初はそんなことは考えてもいなかった。だが、時間の経過とともに父親が左とん平に似てゆくのだ。ひどく怖い。

「だんだん太ってゆく母親」

これはあたりまえである。よくあることだ。中年になると脂肪が落ちにくくなり太るのはよくあることだし、べつになんの問題もない。

「だんだん赤茶けてゆく父親」

早く病院に行け。

「だんだん影が薄くなる父親」

だから、「父親がどんどん左とん平に似てゆく」はたいへん幸福である。それを口にし、なにかいやなことを語るような若い女はなにもわかっていない。まず、左とん平の魅力をわかっていないではないか。イケメンだからいいと思ったら大間違いだ。父親がある日突然、レオナルド・ディカプリオになっていたらどうだ。まず、どう呼べばいいか困るだろう。「レオナルド父さん」と呼ぶのか。長いじゃないか。だからといって、「レオ」はないだろうし、かといって「ナルド」は変だ。

左とん平である。

こんなに幸福なことはない。しかも進行形である。「父親がどんどん左とん平に似てゆく」だ。「どんどん」である。未来を感じる。なんて素晴らしい話だろう。

ばかについて。

知人が突然、「ばかはかわいそう」と言った。しかし、「ばか」という言葉にはいくつもの意味があり、単純に学校で成績が悪いという意味ではない。成績は優秀だった。ぱっと暗算もできるかもしれない。けれど、ばかはばかである。しかもさまざまな種類のばかがいる。かつて書いたことがあるが、ばかはさまざまに分類ができる。

「もしかしたら、ばかなのかなと思っていたら、ほんとうにばかだった人」「まさかばかじゃないだろうと思ってつきあっていたら、ばかだった人」「初めて会ったときから、ばかなんじゃないかなと思っていたが、やっぱりばかだった人」

こうして考えると、ばかは多い。

もちろん私だってばかだ。わりと程度のいいほうのばかだ。問題なのは程度の悪いほうのばかだが、まあ、そういうのは最近、あまり触れないようにしている。問題が起こりがちだからである。かつて、ある編集者に誘われて食事に行ったのだが、ふだんから、少々、ばかかもしれないと思っていたところ、酒を飲むに従って「ばか度」が上がったのには困った。いきなり、「宮沢章夫はずるいよ」とか言い、あまり書きたくないような失礼なことを口にしはじめたのだ。そこで私は、その日のブログに書いてしまった。

「おや、いまこの人はばかになっているような気がするが、どうなんだろうと思っていたら、ほんとうにばかになっていた」

つい最近、その編集者がある精神的な病に陥ってしまったと聞き、ほんとうに反省した。反省したんだよ。こんなひどいことを書いたのが病気の遠因ではないかと想像したからだ。ただ、ブログを書いたのはもう八年ほど前だ。だが、私が「いまこの人はばかになってるのじゃないかな」と思ったそのことは、その後もずっと続いており、ばかのまま生きていたのではないかと想像すると、私のブログの言葉が遠因になっていてもおかしくない。

だが人は残酷に、「ばかなんだからしょうがない」と言うだろう。そんなふうに簡単に結論を出していいだろうか。私はきっぱり言いたいのだ。

「好きでばかをやっているのではない」

私だってそうだ。好きでばかをやっているのではない。ばかだからしょうがないのだ。ばかはばかなことしか考えたくないのだ。ばかなことをしたいのだ。ばかでいたいのだ。ばかはかわいそうなどと言われたくはない。あらためて繰り返す。

好きでばかをやっているのではない。

あたりまえのことを言う

以前から、「あたりまえのことを言う人」が好きだった。たとえば、もう二十数年前に「電気をつけると明るいね」と口にした人のことを書いたことがあるが、最近になって、もう少し種類の異なるあたりまえのことを口にする人がいたらいいなと考えているのだ。

「飴をなめながらパンを食べると食べづらいね」

ほんとうにあたりまえだ。実を言うと、こんなことを言った人を私は知らない。ただ、できたら自分でそんな発言をしたいと思っており、そのとき、相手がどんな反応をするかを見たいのだ。相手はどう答えてくれるだろう。

「食べづらいでしょう」と相手は返事をする。

それで、「どっちが？」と私は追及する。「どっちがって、どういうことですか？」と相手が疑問に思うのは当然で、「いや、だからさ、飴とパン」と言葉を返す。

「パンなんじゃないかなあ」

こんなに不毛な会話はない。なぜなら、食べづらいのも当然なら、どっちが食べづらいかと言えば、飴はなめるものだし、ここは当然パンに決まっているからだ。

あたりまえのことを言うと、会話はきわめて不毛になる。

「鼻にものを詰めると息が苦しいね」

あたりまえである。口で呼吸をすればいいと思うかもしれないが、風邪などで鼻がつまったときのことを想像してもらいたい。呼吸がつらい。口で呼吸をしてもいいが、口が乾いてしょうがないだろう。それで、「鼻にものを詰めると息が苦しいね」と相手に同意を求めると、相手はきっと言う。

「なに詰めたんですか？」

「豆だよ」あたりまえのように私は言葉を返した。

すると相手は少し驚いたように、「え、どうして豆なんか、鼻に詰めたんですか？」とさらに質問を重ねる。

私は黙る。なぜなら、理由が思いつかないからだ。だってそうだろう。鼻に豆を詰める状況が思いつかないのだ。

「どうしてなんですか、豆、どうして鼻に、なぜ、豆、詰めたんですか、鼻に？」

「つまったんだよ、鼻に、豆、なんかあってさ、豆、つまったんだ、鼻に、豆」

こうなると二人とも、「豆」と「鼻」、そして、「詰めた」しか言葉にしていない。こんなにだめな会話があるだろうか。

「爪を切らないと、伸びるね、爪」

こんなにどうでもいい言葉があるだろうか。あたりまえを通り越してしまった。あたりまえを通り越してしまうことをなんと言ったらいいだろう。もうそれは、「あたりまえ」ではない。

詩である。

爪についての深い思索がここにある。爪は伸びる。切らないと伸びてゆく。そこに人間の生きることの苦悩が潜んでいる。

意外な不祥事

知人が住んでいるマンションの近くに女子大がある。大きな通りに面したキャンパスは歩道からも中がよく見え、目に入る植え込みに彫刻の像があるのがわかった。少女の姿である。少女が妙なポーズをとっている像だ。たしかにそれも奇妙なことである。ああした彫像はたいていなにかよくわからないポーズをとっている。たとえば誰でも、こんな姿の像を見たことがあるだろう。

「両手を掲げ空を見上げる少女」

UFOを呼んでいるのだろうか。雨乞いだろうか。単にのびをしているだけだろうか。

「口に片手を添え、なにか声をだしているかのような像」

それがたとえばヤッホーだったらまだいい。どういうわけか、「返してくれー」だったらどうなのか。なにをだ。あるいは、「もっと右ーのほうー」と誰かに大きな声で指示しているとしたら、それはいったいどういうシチュエーションなのか。だったら、「そこはうなじー」はどうだ。どうだというほどのことでもないが、「そこはうなじー」と大きな声を出しているのだ。なぜそんなことで大きな声を出すかわからない。知人を像に注目させたのはそうした姿勢のことだっただろうか。

季節ごと、なにか行事があるごとに、少女は身につけているものを着替えていた。もちろん人の手によってそうさせられる。とはいっても、像に服を着せること自体おかしな話だ。なぜそんなことをするのだ。しかもいちいち凝っている。夏は浴衣を着る。秋になれば少しシックな色合いの秋らしい装いだ。十二月になれば当然サンタクロースだろう。正月は晴れ着だ。二月ぐらいになるとスキーウェアを身につける。梅雨時はレインコート。夏は当然、アロハシャツだ。ときおり季節ネタが出てこないのか、真っ赤な帽子にやはり赤のワンピース、そして不思議な飾りのついたアバンギャルドなものもあった。そして、なにより知人を驚かせたのは、どの服にも「〇〇女子大学手芸部」の文字が付されていたことだ。

手芸部である。

私は手芸部というものの真の姿を知らない。その言葉を目にすると、編み物などをしているのかと想像してしまうし、あるいはレースでなにか小物を作っており、置物の下に敷く例の、あれだよ、名前をなんというか知らないが、例のやつを作っているのかと思っていた。そうではないという。さまざまな服を創作するのが手芸部だったのである。

知人はそうして平均して一ヶ月ごとに着替える少女像の姿を楽しみにしていた。ところが、この春、突然、像は裸になってしまった。なにも身につけていない。ただ、両手を挙げ、空を見上げる少女がそこにいる。

全裸だ。

いったいなにがあったというのだろう。手芸部になにか変化があった。廃部になったのだろうか。もう少女像に服を着せることに飽きたのだろうか。知人は想像した。これにはおそらくもっと深い意味があるにちがいない。知人が注目したのはここだ。飽きたりするものか。あんなに熱心に服を作っていた手芸部じゃないか。アバンギャルドなときもあったんだ。宇宙人のようなときもあったし、五月人形のときもあった。殿様もあった。こうなると性別など、もうどうでもよくなっていた。少女の像だ。あまりの奇抜さが問題になったのだろうか。だが、全裸と比べたらどんなに奇抜でもいい。裸の少女像が気の毒だと知人は思った。

ことによったら、なにか「手芸部」が不祥事を起こしたのかもしれない。それで活動を謹慎させられたのではないか。謹慎だ。少女像になにか着せるなどもってのほかである。では、女子大の手芸部の不祥事とはいったいなんだろう。

「足でやった」

手芸部なんだよ。足でやるとはなにごとだ。しかも、足でなにをしたというのだ。

「競馬で大穴を当て、部員全員、東京からタクシーに乗って静岡県の沼津港まで行って寿司を食った」「学長のことをハゲと呼んだ」「ぐでんぐでんに酔っ払ってコンビニでくだをまいた」「棒を振り回した」

不祥事である。女子大の手芸部の不祥事だ。たいへんなことが起こったにちがいない。そして、少女像はあれからずっと全裸のままだという。

日本に来てカレーを作るインド人の苦悩

家の近くにインド料理屋がある。かつては珍しかったインド料理屋もいまではどんな場所にもあり、そこではインド人とおぼしき店員が、本格的なカレーを作り、ナンを焼いてくれる。

ある日の帰り道だったが、そのインド料理屋の裏手にある遊歩道を歩いて家に向かっていた。するとベンチにインド料理店の店員が調理服のまま、うなだれて腰を下ろしているのを見た。ときおりその店で食事をしていたので、店員の顔も覚えている。店では陽気なその人がうなだれている。疲れたのだろうか。だが、体力的に疲れたという感じではなかった。なにか思いつめたように一点を見つめている。思い悩むようなことがあるのだろうか。

「借金で首が回らない」

インドにそんな言葉があるかどうか知らない。ことによるとインドではもっとべつの言い回しがあるかもしれなかった。

「借金でへそでナンが回らない」

ま、そんなことはともかく、私は想像した。もっと深刻な問題ではないか。

「なぜ俺は、日本くんだりまで来て、カレーを作っているのだろう」

もう生き方を問うような苦悩だ。もっとやるべき崇高な使命があったのかもしれない。だがカレーを作っている。しかも、日本くんだりまで来てしまった。うなだれた。思いつめた。なぜ俺はカレーを作っているのだ。こんな国で。

やがて彼は立ち上がり、普段の陽気さを取り戻して店に戻っていった。そして作る。日本くんだりで、カレーを作る。

「アイワディスクフラッシュ」

かつて深夜放送の人気者であり、その後、在京ラジオ局の社長を務め、そしていまもラジオで現役のパーソナリティとして活躍するKさんに仕事でお会いした。

中学生の頃だから、もう四十年も過去になるが、深夜放送でKさんの声をよく耳にしていた。お会いするのは初めてだ。中学生だった私は地方の小さな町でラジオを聴いていた。東京は遠かった。その遠方から流れていた人の声が、いままさに目の前で語ってくれる。

夢のような話だ。

その後、ラジオ局を退社なされたその方は、年齢を感じさせない声でよどみなく語る。かつてとまったく同じようによく通る声。そして早口で次から次へと、ポップミュージックについて、主にロックンロールのことを話してくれた。それで私は、その声を耳にし、感慨を浮かべ、思い出に耽《ふけ》りたかった。しみじみとした気分になりたかった。過去に戻りたかった。だがKさんは語る。言葉が溢れるように。エネルギッシュに。それで私は、失礼なことをつい考えてしまった。

「少し黙ってろ」

いや、もちろん口には出さなかったし、すぐにそんな気持ちを打ち消した。だってKさんなんだよ。そんな失礼なことを、一瞬でも考えるなんて、とんでもないことだ。

なにしろ地方に住む中学生にしたら雲の上の人だ。その方に向かって「少し黙ってろ」

はないじゃないか。だがノスタルジーには勝てない。思い出に耽りたかったんだよ。「黙ってろ」と言いたくなるのもしょうがないじゃないか。

それからさまざまなことを思い出したのは、中学生のときによく聴いていたラジオ番組だ。深夜放送はよく聴いていたので、「オールナイトニッポン」はもちろん、「セイ！ヤング」も聴いたし、「パックインミュージック」では林美雄さんの番組をよく聴いた。あるいは、なぜその番組を聴いていたかわからないが、「アイワディスクフラッシュ」という番組のことをよく覚えている。アイワという電機メーカーがスポンサーの、洋楽を流す番組だった。そこで聴いた音楽で気に入ったものがあると、次の日、レコード屋に行ってEPレコードを買った。それが何ヶ月か続いたある日、そうして買ったレコードがかなりの数になった。それらを手元に置き、レコードをじっと見ているうちに、中学生の私はあることに気がついた。

「CBSソニーのレコードばかりだ」

だまされた。「アイワディスクフラッシュ」は、CBSソニーから発売されているレコードしか流していなかったのである。考えてみたら、アイワってソニーの関連会社じゃないか。しかし、当時、ほかにもアトランタや、ポリドールといったレコード会社のレコードも持っていたから、ほかのラジオで聴いたり、雑誌で知ってレコードを買っていたが、圧倒的にCBSソニーが多かった。ラジオにしてやられた。だまされた。それで私は大人の世界を少しだけ知ったのである。

これが大人なんだな。立派だよな、大人。すごいよ、大人。

Kさんにお会いできたのは嬉しかったが、この「アイワディスクフラッシュ」の出来事を話し忘れた。Kさんと会話するうちに私も早口になっていた。その調子で「アイワディスクフラッシュ」のことを話したら、Kさんも思ったのではないか。

「少し黙ってろ」

なぜか過剰になる末松さん

デパートの売り場で買い物をしたとき、きちんと包装してくれることを想像しひどく不安になる。たとえばそれは、文房具のときもあるし、衣類もそうだ。箱に収めたシャツはきれいに包装してくれる。べつの売り場なら、わりといい食器でそれも箱に収め、丁寧に包装するだろう。不安だ。不安でならない。

なぜなら包装する店員のことを考えると怖くてデパートで買い物ができないからだ。

異常に何回も包装する店員がいたらどうするかだ。

まず包装紙で、丁寧に包んでくれるのはあたりまえだし、その仕事ぶりに感心する。慣れた手つきだ。鮮やかな包み方だ。仕上げもきれいだ。だが、なぜか二枚目の包装紙を取り出す。おやっと思う。少しだけ疑問に感じる。なぜなら、もう包装は終わっているからで、あとは私が引き取るだけだからだ。だが二枚目の包装紙を出した。

　なにか目的があるのだろう。

そうに決まっている。繰り返すが、私の商品の包装はもう終わったのだ。ところが店員は、もう終わったはずの私の商品の包装の上から、さらに二枚目の包装を始めた。これはことである。なぜなら意味がわからないからだ。慣れた手つきだ。鮮やかだ。丁寧だ。仕上げもやはりきれいだ。

　慎重を期したのだな。

　商品になにかあってはいけないと、二枚の包装紙を使ってくれた。これでようやく商品が私に渡される。だが、そのとき想像していないことが起こった。

　三枚目の包装紙を取り出した。

　なにをするつもりだ。すると店員は、あたりまえのような態度で、私の商品をさらに包み出す。もう二枚包んでいるんだ。それだけでもかさ張るはずだが、三枚となると、いよいよことである。しかも店員は表情ひとつ変えず、あたりまえのように包装の技術を私に見せてくれる。誇らしげである。この仕事、私、長いんですよ、ベテランなんですと言わんばかりの態度である。ときおり私の反応を見て、驚いている私の表情にほんの少しだけ満足そうにする。

　四枚目を取り出した。

これはまずいぞ。なにかまずいことが起こっている。

ようやくほかの店員たちが、おそらく四枚目の包装紙を取り出した店員の上司をはじめ、このフロアの責任を負っている者らが、包装紙を何枚も取り出す店員を羽交い締めにする。

「もうやめろ」と上司が言う。

「末松さん、もう包み終わってます。充分、包まれています。もう終わりにしましょう」

四枚目を取り出した店員は末松という名前だ。

「だめだ。まだ私の技術はこんなもんじゃない。これからが本当の包装だ。包装の真髄を見せたいんだ」

わけのわからないことを末松さんは言うのである。

押さえ付けようとほかの店員たちもやってくる。末松さんは四枚目を適当に包装し、これまでのことを考えるとそんな雑な仕事でいいのかと疑問に感じている私のことなど無視し、あろうことかすでに五枚目の包装紙を出していた。まあ、羽交い締めにされた緊急事態だからしょうがないだろう。

「残りの包装紙を隠せ！」上司が叫んだ。「包ませてください。包ませてください」末松さんもまた泣きながら懇願する。するとまだ若いアルバイトらしき男が、「やめろ末松！」とデパートには相応しくない怒号をあげた。

「おまえ、アルバイトのくせに呼び捨てにするのか！」末松さんが叫ぶ。

「アルバイトも正社員もあるもんか！」

「なぜだ？」

「包むからだ！」

修羅場だ。というか、論理がでたらめになっている。

いやだいやだ、デパートはいやだ。こんな修羅場に出会うかもしれないのだ。包むのである。見事に包むのだ。その包装の美しさが、なおさらこの修羅場を、修羅場たらしめていた。そうだ。末松さんは私が商品をカウンターに置いたとき、こう質問したかもしれない。

「贈り物ですか？　リボンをつけますか？」

そうなると、リボンをどれだけの数つけるか、それも見たい気がしないでもない。

コンビニエンスストアー

ある人がいつも黒い服を身につけコンビニエンスストアーに行っていたという。その日も同じコンビニに行った。小声で店員が囁いた。

「喪服が来たよ」

そうか、私はこの店のバイトたちに「喪服」と呼ばれていると、その人は知ったが、あるチェーン店のカフェによく行くべつの知人は、そこで必ず、厚切りのトーストとコーヒーを頼む。「喪服」の話を知ってその人は思った。私はこう呼ばれているのではないか。

「厚切り」

まだ「トースト」のほうがいい。けれど、きっと「厚切り」と呼ばれているだろう。だから店員はいつも、「厚切りが来たよ」と言うのである。どんなふうに呼ばれてもいいが、「厚切り」とだけは呼ばれたくないと知人は思った。なぜなら実体がないからである。「トースト」だったらまだいいし、そもそも、店の会話がおかしなことになるじゃないか。

「厚切り、また厚切り頼んだよ」

しょうがないじゃないか。「厚切り」なんだから。

家に来る人

かつてホームパーティについて書いたことがある。

知人からFacebookに誘われた頃だから数年前だったはずだ。Facebookや、Twitterについて人から話を聞かされたし、メディアでも取り上げられるようになった時期だ。いまでこそ、Twitterはかなり使っているが、当時は、SNS、つまり「ソーシャル・ネットワーキング・サービス」について懐疑的だった。

その疑いと、SNSの恐怖について私は書いた。

「Facebookをやると、ホームパーティを開かなければいけない」

アメリカ人はそうなんだよ。知らないけど。いや、そうに決まっている。ホームパーティの様子をデジカメで撮ってそれをFacebookにアップしているのだ。そんなに恐ろしいことがあるものか。広い庭に友人を集める。もちろん芝生だ。おそらくバーベキューをやっているだろう。ビールを片手にみんなが笑う。そんなパーティの様子が画像入りで紹介される。Facebookはそうなのだ。そうでなければFacebookではないのだ。誰がそんなものに参加するというのだ。それから数年が経った。私も人並みにFacebookに登録しているが、いまだに使い方はよくわからない。ただ、ホームパーティは開かなくてもいいらしい。むしろ、私の友人にホームパーティなど開く者はほとんどおらず、その多くが演劇をやっている者なので、ときおり稽古のあとに居酒屋に行った画像をアップする者がいる。ホームパーティとはまったく無縁だ。
なぜなら居酒屋に芝生はないからだ。

画像がちがう。笑っている人たちの背後には壁に貼られたメニューだ。「煮こみ」と書かれた貼り紙だ。アメリカ人の画像にそんなものはない。「芝生の上のバーベキュー」と「壁に貼られたメニュー」だ。つくづくアメリカがうらやましい。

ただ誤解されては困る。

こんなふうに書くと、私が家に友人や知人を呼ぶことを嫌っている印象を与えると思う。そんなことはない。「ホームパーティ」という言葉はいやだが、人を呼んで家で友人らと食事をするのは好きだ。むしろもっと家に遊びに来てほしい。なぜなら楽しいからだ。にぎやかな食卓はとても愉快だ。

ただ、少し気にかかることがある。

いったいどういうつもりなのだと、家に来てくれた友人や知人に訴えたいのだ。

「さっさと帰れよ」

帰らないんだよ。ほっとくと、何時間でも居座っていやがる。むしろ、家に来たら、一時間ぐらいで帰ったらどうなんだ。どういうつもりで長い時間、俺の家にいるのだ。なにか魂胆があるのか。うまくいったら二ヶ月ぐらい住もうと思ってるんじゃないだろうな。繰り返すがさっさと帰ってほしい。

いや、こんなふうに書くと誤解され、家に人を呼ぶのを嫌っているように思われるかもしれないが、そうではない。来てほしいのだ。もっと集まってほしい。にぎやかな食事がしたい。だが、さっさと帰ったらどうだ。

十五分にしろ。

先に一時間と書いたが長すぎる。いったいなにを話せばいいのだ。気詰まりでいけない。自分の家ではもっとくつろぎたいのだ。外に出るとからだも疲れるし、人とコミュニケーションを取ると精神的に消耗する。

いや、こんな書き方をすると、家に来るのを拒否しているような印象を持たれるかもしれないが、けっしてそんなことはない。来てほしい。ホームパーティではないが、それに近い、ちょっとした食事会を家で開きたいのだ。話が弾む。笑いが起こる。音楽もかけよう。踊る人間も出てくるだろう。

だが、さっさと帰ってくれ。

三分にしろ。三分でさっさと帰ってくれ。

勝手に名前を呼ぶ

知人に、猫を三匹飼っている者がいる。

それぞれ、マル、メネ、ブランという名前だ。マルとメネにもそれなりの理由があるらしいが、ブランはフランス語の「白」のことだという。なぜそこだけフランス語を使ったか謎だ。そのことを質問すると、べつにシロでもよかったという。ただ、かつて白い猫を飼ったことがあり、そのときはなにも考えず自動的に「シロ」という名前になった。今回は少しひねろうと思った。だからといって英語にし、「ホワイト」って呼ぶのはどうだろう。白い猫に向かって、「ホワイト、こっちにおいで」と呼んでいる人の姿を想像してほしいという。想像した。どこかばかに見える。「ホワイト、ごはんだよ」とか、「ホワイト、最近、どうなの？」とか、そんなことを口にする人間と親しくしたくはない。だからといって、ドイツ語で白をなんと発音するか知らないし、ロシア語、イタリア語、ポルトガル語、スペイン語もスワヒリ語も、なにも知らない。まして辞書を引くのは面倒だ。たまたまフランス語の「ブラン」だけは知っていたという。

フランス語である。どこか洒落ている。

こうして知人の白い猫は「ブラン」という名前になった。たまたま、知人の家を訪ねる機会があったが、たしかに白い猫がいた。これがブランか。あまりかわいくはないなと考えていると、知人は想像していなかった言葉を口にした。

「ブーちゃん」

いったい、誰に向かって話しかけてるんだ。すると白い猫はしっぽを振った。日常は残酷だ。しばらくのあいだブランと呼んでいたのに、次第に、ブーコと呼ぶようになり、いまではブーちゃんと呼ぶようになってしまったという。初めの洒落た趣きはすっかり消えてしまった。

だが、そんなことはまだいいのだ。書きたいのはそんなことではない。つまらないことを長々書いてしまった。このままでは猫雑誌に載っていそうな、ちょっとした面白エッセイじゃないか。そんなものを書こうとしているのではないのだ。

ほんとうに書きたいのは、ブランという名前の猫を飼っている知人の、迷惑なべつの知人の話だ。話がややこしくなるので、白い猫を飼っている知人を、仮に斎藤さんと呼ぼう。そして迷惑な斎藤さんの知人を、やはり仮に村上さんと呼ぶことにする。ちなみに両人とも女性である。

その白い毛の猫は、厳密に言うと「白」ではない。少しだけ黒い毛が混じっている。それが人間で言ったら額のあたりに固まっている。狭い土地などのたとえに、「猫の額」は使われるが、どう見たってそれは額にある。はっきりとした黒ではない。どちらかといえばグレーに近い毛のかたまりだ。つまり、旧ソ連の最後の指導者だった、ゴルバチョフに似ているのだ。

村上さんは、斎藤さんが飼っている白い猫をこう呼んだという。

「ゴルビー」

人の家の猫に勝手に名前をつけるとはどういうつもりだ。さらに、村上さんは斎藤さんを、「カブさん」と呼ぶらしいが、意味がわからないので、なぜ自分が「カブさん」なのか斎藤さんは質問した。村上さんは答えた。

「甘いものをちゅうちゅう吸ってたから」

それを聞いて斎藤さんは思った。

「なんの話だ」

さらに質問すると、甘いものを吸うのはカブトムシで、だから「カブさん」だというが、いったいどこで自分は甘いものをちゅうちゅう吸っていたのか斎藤さんには思いあたるふしがなかった。それで斎藤さんが「いつ?」と口にすると、村上さんはあたりまえのように答えた。

「夏」

それで斎藤さんは、そんなことを考えなくてもいいのに、ふとカフカの『変身』のことを思ったという。あの小説の主人公の名前はなんだっただろう。けっして、ゴルビーではなかったはずだ。

引退について

大相撲の力士は髷《まげ》が結えなくなったら引退だという話を聞いたことがある。つまり髪が薄くなったらもう相撲をやめなければならないということになる。ほんとうにそうなのだろうか。相撲に詳しい知人に話を聞いた。どうやら、そんな規定はないそうだ。ほっとした。それというのも、ワールドカップの解説でテレビに出演していた、元日本代表の岡野や北澤の長い髪を見て、もし、もちろん仮定に過ぎないが、もしその二人の髪が薄くなったらどうしたらいいかについて不安だったからだ。

なにしろ、長い髪をうしろで束ねていない岡野は岡野ではないし、やはり長髪を前で分けられない北澤は、北澤ではない。

つまりこういうことだ。

「北澤引退」

もし髪が薄くなったら、北澤は、北澤を引退しなくてはいけない。ほんとうによかった。引退しなくてよかった。北澤が北澤でいてくれてよかった。サッカーは素晴らしい。

思ってもいないことを口にする

誰でも経験のあることだが、人と会って、気まずい沈黙に耐えられないことがある。なにか話さなくてはならない。だが話すこともこれといってない。相手は黙っているがこの気まずさに耐えられるのだろうか。

ある知人はそんなとき、沈黙に耐えられず思ってもみないことを口にしたという。

「子どもの頃、消しゴムを集めてたんですよ」

よくありそうなことだが、実は、まったくのでたらめである。消しゴムなど集めたことはないのだ。なぜそんなことを口にしたのか。自分でもわからない。話題を提供しようとしたのか。話が広がると思ったのか。

だが、話は広がらない。

なぜなら、子どもの頃に消しゴムを集めていたからといって、いったいなんだという話だからだ。そもそも、消しゴムを集めるとはいったいなんのことだ。

だが、話が展開しなくて幸いだと知人は思った。なぜなら、「あ、僕もそうなんですよ、どういう消しゴム、集めてましたか？」などと相手が質問してきたらことである。応えようがないので、「コクヨとか、あと、コクヨとか、それから、えーと、コクヨとかですかねえ」と返事をするしかなく、これではばかである。

沈黙は続く。気まずさはずっしり重い。つい口にする。

「プルーストの『失われた時を求めて』の新しい翻訳をしてるんですよ」

とんでもないことを言ってしまった。

「どこまで進みました？」

「うーんと、スワン」

やはり、とんでもないことを言ってしまったのだ。

やさぐれ女に会いたい

気がついたときには、「演歌」と呼ばれる日本の歌謡のジャンルがあり、洋楽を聴きはじめていた中学生の私には、「演歌」をいいと思ったことがほとんどない。強く否定するつもりはないが歌われている世界がどうも肌に合わない。紅白歌合戦のラストに演歌歌手が出てくるのを観ても、ま、日本の伝統的な音楽だからしょうがないと考えていた。けれど、「演歌」がそれほど古いジャンルの歌謡ではないとしたらどうだろう。

輪島裕介氏の『創られた「日本の心」神話　「演歌」をめぐる戦後大衆音楽史』はとても興味深い本だ。

べつに書評を書こうというわけではない。久しぶりに夢中になって読んだ本について少し書いておきたい。「演歌」という言葉、歌謡のジャンルがいつから一般化したかについても面白いが、さらに、輪島氏の筆致が魅力的だ。本気で書いているのか、本人も冗談のつもりで書いているのではないか。きわめてまじめな文体だが、ところどころ声を出して笑いそうになる。

たとえば、わかりやすいのは「一節太郎」という歌手について書かれた章だろう。そもそもタイトルが素晴らしい。

「一節太郎《浪曲子守唄》——『冗談』としての浪曲」

あれは「冗談」だったのである。一節太郎の「浪曲子守唄」を知っているとなると年配になるが、あれが「冗談」だったと断じているのがすごい。「一節太郎のもともとの声質はいわゆる美声であり、あのいかにも浪曲的な塩辛声は、馬渕と遠藤の命令によって毎日声を潰して作った人工的なものでした」とある。馬渕はレコードディレクターであり、遠藤とあるのは作曲家の遠藤実のことだ。聴いたことがあればわかるが、とにかく、一節太郎はがらがらに枯れたような声だ。それがつまり「浪曲調」だ。そして輪島氏は書く。

「あまりに有名な『逃げた女房にゃ未練はないが』ではじまる歌詞は、『無学』や『土方渡世』や『飯炊き女』といった大仰でアナクロな言葉遣いによって、女房に逃げられた男やもめの貧しさと悲哀をこれでもかと強調しています」

そもそも、歌詞に、「土方渡世」とか「飯炊き女」という言葉がある歌がヒットしたのは、いったいどんな時代だ。けれど、「浪曲子守唄」は大ヒットした。子どもだった。いつのまにか私の意識にすり込まれていた。

「土方渡世」と「飯炊き女」。

そして次の章のタイトルが秀逸である。

「《浪曲子守唄》と『苦節』の様式化」

一節太郎は苦労した。歌もはじめはヒットとは無縁だったが、地道に歌い続けヒットに結びついた。「演歌」とはこれだ。こうした精神性だ。「苦節」がなくてはだめなのである。

さて、先に書いておくが「演歌」がジャンルとして一般化したのは、驚くべきことに一九六〇年代の半ばである。

それほど古くはない。ついこのあいだと言ってもいいくらいだ。ではそれまでの日本の歌謡の、「演歌」っぽい歌とイメージしていた歌はなんだったのだろう。たとえば、三橋美智也は「民謡調歌謡」である。村田英雄は「浪曲調歌謡」だ。そしてもともと、というのは明治までさかのぼるが、「演歌」は「演説歌」と呼ばれ、時世を皮肉って歌にした歴史がある。バイオリンで伴奏する演歌師が「オッペケペ節」や「ダイナマイト節」を歌っていた。けれどまたべつの「演歌師」はギターを手に盛り場で歌い、それが「流し」と呼ばれて、いま一般に知られるような「演歌」の元を作った。

けれど、あくまでいまで言うような「津軽海峡冬景色」のような「演歌」はなかった。「演歌」という言葉もなかった。それがなぜ、「日本の心」のように語られることとなったかというのが本書のテーマになる。繰り返すがこれは書評ではない。ぜひ「演歌」、あるいはべつの呼ばれ方をされた「艶歌」について詳しく知りたい方は本書を読むようお勧めする。

そして、私が魅力を感じたのは次のような箇所だ。「演歌／艶歌」に登場する女の典型についての記述だ。

「やさぐれた夜の女の怨念」

もう、「やさぐれた」というだけでも怖いが、なにしろ「やさぐれた夜の女」なんだよ。しかも、「怨念」とくる。こんなに怖いものがあるだろうか。少し内容を説明する必要があるのは、前提に、島倉千代子という歌手の存在と歌唱法がある。「演歌」というと、こぶしがあり、唸りが特徴的だが、それらは、「民謡調歌謡」「浪曲調歌謡」が、「演歌」がジャンル化する過程でそうなった結果だという。ドスの利いた声で唸ったり、こぶしはまわさない。そして、「唸ったり、こぶしを回す」とはなにか。その歌の響きはなにか。それこそが「やさぐれた夜の女の怨念」である。

繰り返すが、一般的に知られた「演歌」の歴史は意外に新しく、「日本人の心」というには、どこか無理を感じる。そして、「土方渡世」と「飯炊き女」、「やさぐれた夜の女の怨念」が渦巻く世界だ。それを「日本人の心」にするのはいかがなものか。

けれど人は怖いものに会いたいときがある。私は思った。

「やさぐれた夜の女に会いたい」

　きっとひどい目にあうんだよ。なにしろ、その女はやさぐれてるんだ。だいたい「やさぐれ」の意味がよくわからない。「土方渡世」や「飯炊き女」はなにかで読んだことがあって、その職業の形態を知らないわけではないが、「やさぐれた夜の女」の仕事の具体性が不明だ。「夜の女」だけに、水商売なんだろうと想像するが、じゃあ、「やさぐれ」はなんだよ。もしかしたら「昼の女」も「やさぐれ」ているかもしれないじゃないか。

「やさぐれたカスタマーサポートの女」

　やさぐれた対応なんだよ。コンピュータのことを質問してもなにも応えてくれないんだ。だけど会いたいなあ、「やさぐれた女」。たいへん魅力的である。少しでも接すればひどい目にあうのだろうか。だが、「やさぐれ」のなかの、なにかいいところを見つけてあげたいのだ。

親切に感謝する

　いまEテレで『ニッポン戦後サブカルチャー史』という番組に出演している。私は若い者を相手にサブカルチャー史を講義する役目だが、そもそもサブカルチャーという言葉も私の考えで定義しているし、取り上げる素材も私がほぼ選択している。番組スタッフが取り上げる素材もあるが、興味がなければべつにそれについて語らなくてもいいことになっている。

　では『エヴァンゲリオン』をどうしたらいいかだ。

　私はなにも知らないのだ。ただ九〇年代のサブカルチャーを紹介するのに避けられない現象だ。私はなにも知らないと無視してもいいが、ただ少しは知っておいたほうがいいとツイッターに書いたところ親切に教えてくださる方があった。とても感謝した。嬉しかった。助けられた。だが、自分でもオタクだと言うその人の『エヴァンゲリオン』への情熱はすごい。なんでも教えてくれる。

「若き日の庵野監督やガイナックスの方々の青春時代を描いたドラマ【アオイホノオ】が放送されています！」

　ありがとう。情報に感謝します。だけどそこまで知りたいわけではないのです。

ひさしが真っ平らなラッパーの帽子

知人からラッパーの帽子のひさしが真っ平らなのは、新品だということを強調するためだと教えられた。ラッパーは帽子を被っていることが多い。もちろん、なにも被らず坊主頭のラッパーもいる。帽子を被るラッパーが身につけるのは、キャップのような帽子もあれば、おしゃれな中折れだったり、パナマ帽の者もいる。そのなかで、キャップを被る者らのひさしは真っ平らだ。それが気になっていたのだ。ましてサッカーのワールドカップのとき、記者会見でブラジルのネイマールも、帽子のひさしが真っ平らだった。

ただの流行か。ヒップホップを源流とするファッションだ。それも、ひさしが真っ平らなのは、新品だということを強調するというが、そこには、ラッパーの多くが低所得者層の出身という背景があるだろう。ネイマールクラスのサッカー選手だったら、いつだって新品の帽子を被っていられると感じるが、サッカー選手にも、ラッパーとよく似た背景を感じないわけではない。気になっているのは日本のプロ野球にもひさしが真っ平らな選手が増えていることだ。阪神タイガースのメッセンジャーのひさしが平らだ。オリックスの選手にも多い。関西に多いのだろうか。

では、高校野球はどうなっているのだ。

ものすごく曲げている。伝統的に高校野球は曲げる。むしろ、曲げているほうが熱心に練習をしてきたかのようだ。よく曲がっているチームのほうが強いかのような印象さえある。彼らは曲げる。曲げに曲げる。これでもかとばかりにひさしを曲げる。なにか、山状のものが、顔のあたりにある。あれはいったいなんだろう。

高校生はローカルな場所で流行が発生することが多い。

かつて東京タワーに行ったとき、修学旅行の高校生と一緒になった。高校生は制服だ。髪型も奇抜なものは禁止されている。オシャレをするところは限られている。

みんな靴の先が尖っている。

そこしかないのだ。涙ぐましい努力だ。だが、それはひどくださかった。高校球児はひさしを曲げる。ローカルなオシャレだ。そして、ときどき眉毛も剃っている。

反対した人に会いたい

革命的な製品が開発された話のなかに、必ずといっていいほど登場するのは、「そんなものは売れるわけがない」と販売に反対する社内の声だ。

有名なところでは、ソニーの「ウォークマン」がある。

いまの目で考えると外で音楽を聴くのはあたりまえだ。「ウォークマン」によってもたらされた革命は、その後、様々に変遷したがｉＰｏｄに受け継がれ、さらにいまは「ハイレゾ」という高音質のウォークマンも紹介されている。

いったい、発売に反対していた人は何者だ。いまどんな顔をしているのだ。ウォークマンが最初に発表され、爆発的に売れたのは一九七九年だから、もう亡くなられた方もいらっしゃるかもしれないが、その人に会いたい。会って、反対したときの気持ち、そして、想像に反して爆発的に売れたことについてどう考えたか質問したい。

「いや、売れると思ってたよ」

そんなふうに軽く答えてくれるかもしれない。

「最後までこんなものが売れるわけがないと販売に反対なさっていたんですよね」

「反対もなにも売れると思っていたからの反対であってね。反対がないと、売れるものも売れなくなるじゃないか」

なにを言っているのだ。いや、この言葉は私がいま作ったのででたらめだし、まして「反対した人」が誰か、その人がその後、どういう態度を取ったかまったく知らない。想像で書いただけだ。だがあながちまちがっていないのではないか。自分の予想がまちがっていたことを堂々と認めるとも思えない。

「すまん。俺がまちがってた。あれはすごいんだなあ。小さい方がいいんだな。なぜかっていうとさ、大きいものより小さいからな。申し訳ない。あやまる。この通りだ。腹を掻っさばいて死んでお詫びする」

もしそんなことで亡くなられたら事件になっていると思うが、ウォークマンが一九七九年に発売され、爆発的に売れたあと「腹を掻っさばいて死んだ人」の話は聞いたことがない。売れたら売れたで、態度を豹変、反対したことすら忘れ、「いやあ、よかった、売れてよかった。売れるよ、あれはなあ」と大いに喜んでいるにちがいない。

とはいえ、革命的な製品は数が少ないから、どうしたって、たとえばウォークマンの販売秘話のような話題になれば、「反対した人の物語」が際立ってしまう。

必ず反対者はいる。そういう人はいた。技術部が新製品を開発する。あと一歩というところで、製品は完成するが横槍が入る。「そんなものはだめだよ。売れっこないよ。なんだよこれ、え、外で音楽を聴くだあ。だめだめ。お話にならない。だって雨が降ったら家にいるだろ」と口を出す人間がいるのだ。だが賛成派も現れ開発チームが作られる。製品化まではあと少しだ。すると反対派はそこでも横槍を入れる。

「部品を作る工場に手を回し、納期を遅らせる」

そんな姑息な手を使う。だがもっと姑息なことをするかもしれないのだ。

「開発チームの人間の家に夜中に無言電話をかけ続ける」

いやがらせである。あと、「靴の中に画鋲を入れる」など、子どものいじめのようなこともしたかもしれない。だが製品は完成し、上層部の賛成派の強力なプッシュもあって革命的な製品が世に出る。大ヒットする。予想外のヒットだ。

「社内の反対を押し切り発売にこぎつけた」

それが物語だ。だから、「誰からも反対されずに、すんなり発売した」といったことでは、なんの面白味もないのだ。言ってみれば、甘みを増すために塩を振って西瓜《すいか》を食べるようなものだろう。だから反対者はむしろ必要である。

むしろ、「反対課」という部署を設けたほうが製品の発売には大事だ。なんでも反対する。たとえば「爪楊枝製造会社」で、新製品の、ちょっとだけ従来より本数が多い「爪楊枝（増量）」という製品を出したとしても反対だ。

「そんなもの売れるわけがない。だって増量だぞ。そんなにたくさん爪楊枝があったからって、人はなんに使うんだ。本当だったら、爪楊枝なんかいらないものなんだ」

爪楊枝製造会社の人間とは思えないような反対理由だ。

だが仕方がない。「反対課」である。なんとかして、発売を許さない方向に話を進めなければいけないのだ。だがそんな新製品があってもいいと思う。もうすでにあるのだろうか。

「爪楊枝（増量）」

スカパー！プロ野球セットに入っている女

東京ヤクルトスワローズをずっと応援している女性がいる。私の周辺にはなぜか、スワローズのファンが多い。だが「東京ヤクルトスワローズをずっと応援している女性」には誰もかなわない。なにかスワローズのことでわからないこと、たとえば、あの選手を最近見ないがどうしたか、ｉＰｈｏｎｅからメールを送るとすぐに、「〇〇選手は肘を故障したため2軍で調整中です」と連絡があるという。なぜそんなに詳しいのだ。

そしてその女性、いちいち「東京ヤクルトスワローズをずっと応援している女性」と書くと長いので、「スワローズの女」と短縮して表記させてもらうが、なによりすごいのは、スカパー！のアンテナを立て、視聴できるようにしたばかりか、「プロ野球セット」に加入しているのだ。このセットに入るとすごい。すべての試合が観られる。スワローズのホームスタジアムは東京にある神宮球場だが、たとえば、広島の主催試合で、マツダスタジアムに遠征したとしても、「広島・ヤクルト戦」を中継しているチャンネルが観られる。交流戦だって大丈夫だ。なにしろ「プロ野球セット」だ。さすがに「スワローズの女」だ。

派遣で、ある会社の事務の仕事をしている「スワローズの女」が会社を出るのは、ふだんは夕方の六時を過ぎるという。するとどこの球場の試合もすでにはじまっている。だが女はひるまない。会社を出て、徒歩で十五分ほどのところに住んでいる「スワローズの女」は、ラジオを持っているからだ。巨人戦だったらほぼ東京のどこかのラジオ局で中継をしている。会社を出ると耳にイヤフォンをつける。ソニーが開発し、ｉＰｏｄも継承している、ステレオ式のイヤフォンではない。

ケーブル一本の、片方の耳にしか差し込まない、昔ながらのラジオ専用イヤフォンだ。いまでは競馬中継の短波を聴く者にしか活用されていないような、あれである。ラジオのスイッチを入れる。野球中継が流れる。ラジオの野球中継を聴きながら、家まで徒歩で戻るこの時間が「スワローズの女」にとっての、このうえない幸福な時間だ。「スワローズの女」はすごい。

真の寝起きの悪さについて

私が寝起きのいい人間だと気がついたのは、学生時代、友人のアパートに泊めてもらったのがきっかけだ。私自身はまったく記憶がないが、後年になって、「おまえ寝起きよかったよなあ」と教えられたからだ。

朝になった。目が覚めた。起き上がる。次にすぐ、そこにあったギターを手にして弾き、しかも歌ったという。それを聴いた友人はびっくりした。寝起きですぐにギターを弾こうと考えること自体がおかしい。人はふつう、目が覚めて起き上がっても、半身を布団の上に起こし、しばらくぼんやりしているものだろう。なにか考えている。あくびをひとつ。煙草を吸うかも知れない。だが私はちがった。

いきなりギターを弾いた。

それでようやく、自分の寝起きのよさに気がついた。そういえば、朝、目が覚めて眠くてからだが動かないとか、だるいと感じたことがなかった。目が覚めたらすぐ行動だ。目が覚めた。空腹を感じる。たまたまそこにカツ丼があった。

食べる。

なにがいけないのだ。

目が覚めてすぐカツ丼が食べられたのだ。

そうした「寝起きのよさという特別な能力」に衰えを感じはじめたのは、四十代の半ばを過ぎてからだ。ベッドで目覚める。とりあえずからだを起こす。だがベッドに腰掛けて動けない。動くまで時間がかかる。ようやく動く。それからだるさを感じ、まだ目が覚めていないと感じた瞬間が、ある日、突然やってきたのだ。

「これか、これが寝起きが悪いというやつか」

初めて私は知った。四十代の半ばだった。目が覚めたらすぐカツ丼を食べることのできた私はどこに行ってしまったのだろう。なんでもできた。目が覚めてすぐにオーディオ機器の配線もできた。自転車の空気入れもできた。知恵の輪もできた。クロスワードパズルさえ解けたし、壁に吊ってある額縁に入った絵が微妙に斜めになっているのに気がつき巧みに動かして真っ直ぐにさせることもできた。

だが、もうそんなことはできない。寝起きが悪くなったのだ。寝起きのカツ丼はおろか、すき焼きも、しゃぶしゃぶも、もう食べることができない。だがそんなものはまだ甘かったのだ。まだまだ本当の意味での寝起きの悪さではない。

最近私は、真の寝起きの悪さについて知った。

それはいったいなにか。

目が覚めて、理由がわからない憂鬱さに支配されるのである。意味がわからない。怖い夢で目が覚めたのではない。最近いやなことがあったわけでもない。漠然とした不安のようなものは抱えてはいない。だが、憂鬱だ。なにが憂鬱かわからないのも人を苦しめる。

カツ丼が食えなくなったっていいのだ。それは言ってみれば、普通に戻ったということで、たいていの人が寝起きにカツ丼は食えないのである。

憂鬱だ。うつ病も疑ったが、目が覚めるとすぐに忘れる。

ああいやだ、どんよりとした気分だ。目が覚めたとき憂鬱になっているのを考えると、このまま寝ないで、ずっと起きていられればとさえ思う。そうか、これが真の意味での寝起きの悪さだったのだな。寝起きをばかにしてはいけない。寝起きにこそ、人のあらゆる状態が出現する。

目が覚めたらすぐに歌を歌う。なんて幸福な時代だろう。

書評『タウンウォッチング』

本書は、一九八五年六月にPHP研究所より刊行され、九〇年三月に文庫化されている。著者は「博報堂生活総合研究所」になっている。

これまで私は八〇年代の都市文化について、たとえば、北田暁大さんの『広告都市・東京——その誕生と死』などいくつかの書籍を参照してきたが、『タウンウォッチング』という本のことは知らなかった。とても刺激的な本である。「さまざまな都市を歩いて」この著者は気がつくのである。

「造形的にすぐれた人が多い街と少ない街というのが歴然とあるようです」

すごいことをいきなり言い出した。いったい「造形的にすぐれた人」とはなんのことだ。おそらく、美人やいまどきの言葉でいうイケメンのことだろう。そこまで言うなら具体的にその街を示してみろ。「造形的にすぐれた人が多い街」とはどこだ。「少ない街」はどこなんだ。だが具体的にそれには触れず、突然、美人の種類について語り出す。先の「歴然とあるようです」のあとすぐこうつなげる。

「私たちが冗談まじりによく使うケースに、『ハード美人』と『ソフト美人』という区分けがあります」

　誤魔化《ごまか》しなのか、論点がわからないところに行ってしまった。さらにすごい言葉は続く。

「ハード、すなわち構造に秀でた人と、ファッション・身ごなし・化粧など、ソフトで『美人している女性』の違いです」

　それで、地域でつんとすましたような店には「ハード美人」が多く、先端的なファッションの店には「ソフト美人」が多いというが、それはことによったら「造形的にすぐれた人が多い街」しか問題にしてないのではないか。「少ない街」には、では、「ハード美人」も「ソフト美人」もいないのか。繰り返すようだが、そこはどこの街を指して言っているのだ。

　さらにいまの秋葉原のような、特色のある街についても言及している項目がある。八〇年代半ば、お茶の水はスキー用品の街だった。それで「バイクの上野、カメラの西新宿、マイコンの秋葉原など、ある特定商品の販売店が集中立地している『メッカ』は、どこも同じような傾向を持っています。街の魅力ではなく、商品の魅力だけが、客にインパクトを与えている」とあり、次にすごいことが提示されている。

「このように、メッカ商品の宗教的ともいえる力に支配されている若者のことを『メッカ坊主』と呼んでいます」

　それ、いまで言ったら「オタク」だろう。しかもダジャレじゃないか。まだ八五年には「おたく（＝オタク）」という言葉が一般化されていなかった（八三年に中森明夫氏が発明した言葉だがそれはごく一部にしか広がっていなかった）。それでここでは、「メッカ坊主」と呼ばれているとあるが、そんな言葉はこれまで聞いたことがない。

　さて、『タウンウォッチング』はほかにも、「シティエクボ」や、「街のおとこ度・おんな度」など注目すべき箇所がいくつかある。前半にそれらキーワードが頻出するが、後半第三章から書き手が代わったのか面白みが半減する。前半の最後の一節を引用してこの項を終わろう。死語と、まったくあたらない予測の世界である。

「今。何故、ナウい若者たちに、ナウさの反対の極みにあるシブさが受けているのか、下町ブームが起きつつあるのかを考えながら下町を歩くと、ただの『懐（なつか）シーン』だけではなく、合理的、目的的、能率的をむねとするハイテックタウン東京の中で、人が生きていく街の本質、ハイタッチな暮らしの本質が見えてくるでしょう」

なにが書いてあるのかまったくわからない。

「マンションの隣の子どもがテレビを観ていた」

この十月の第一週まで、ＮＨＫのＥテレで番組を持っていた。それが『ニッポン戦後サブカルチャー史』だ。

ある日、家に戻りエレベーターで自分の住んでる部屋のある階まで行こうとしたところ、隣に住む家族の、一番下の子どもと一緒になった。私に気がつくと、おずおずと彼は、「テレビに出てませんでしたか？」と質問する。とても礼儀正しい子どもだ。「テレビ出てなかった？」と乱暴な口調ではなく、丁寧に質問してくれる。ちなみに、一九九五年、べつの街に住んでいた頃、私は髪が長かった。当時、地下鉄サリン事件があり、オウム真理教が連日テレビで取り上げられていた。私が住んでいた近所のばかやろうな子どもが、私の姿を見つけるたびに、「ショーコー、ショーコー、麻原彰晃」と「ショーコーマーチ」を歌っていたのだ。

隣の家族の子どもは私をテレビで観た。

「うん。出てたよ」

その子の質問に私は素直に答えた。そして考えていたのだ。ことによったら、テレビに出ているうちだったら、なにを言っても、この子は信じるのではないだろうか。

「キクラゲってあるじゃない。あれ、ペンギンの肉だよ」

信じると思うんだよ。なにしろ、テレビに出てる人は、なにか正しいことを言うと子どもは考えている気がするし、しかも相手は礼儀正しい素直な子どもだ。

「相撲のテレビ中継ってねえ、あれ全部、ＣＧだよ。力士はみんなアニメだよ」

信じると思うんだよ。だって、あんな大きな人がいるなんて信じられないじゃないか。

大人になって彼は知るだろう。とんでもないやつが隣に住んでいたと。そして大人になってさすがに相撲はＣＧではないと知るだろうが、キクラゲを食べるのは少しためらうのだ。

姉妹の話

不思議な姉妹を私は知っている。

しかも二組だ。そのうちのひと組は双子だという。まずはじめの双子ではないほうの姉妹は、会えばプロ野球のことしか話さない。シーズンも終わり、来年の春まで野球はないと普通の者なら考えるが、ドラフト会議とか、ＦＡやトレードなどシーズンオフについて話すのは当然だ。しかし、その程度の生易しいものではない。

なにしろ「会えばプロ野球のことしか話さない姉妹」である。姉が言った。

「最近、ストーブリーグって言わないよね」

すでにここまで読んで、プロ野球にまったく興味のない者にしたら、「ドラフト会議」「ＦＡ」「トレード」といった言葉の意味がまったくわからないだろうが、姉妹にとっては毎年十月を過ぎ、ペナントレースも日本シリーズも終わった時期、それは当然の話題だった。

けれど「ストーブリーグ」がさらに難解なのは、発言にもあるように、最近ほとんど使われなくなったからだ。「最近、ストーブリーグって言わないよね」という姉の質問に妹は少し考えてから応えるではないか。

「最近、ファンヒーターのほうが一般的だからね」

「ああ、ファンヒーターリーグって言いづらいよね」

どういう会話だ。

そしてもう一方の姉妹である双子は、フォークシンガーのさだまさしの大ファンだったという。ふたりはもう四十代後半になっているはずだが、高校生の頃からずっとファンで、ふたりはあたりまえのように口にしていたという。

「さだ様」

いいじゃないの幸せならば。

きょうはそういう感じじゃない

誰でも経験があるはずだ。なにかのおり仲間と数人で食事でもしようかという話になるが、なにを食べるかで意見がまとまらない。誰かが近くにある中華料理の有名店を提案する。みんながそれに賛同し話がまとまりかけた。けれど、たいていそんなときこんなことを言うやつが出現する。

「きょうは中華って感じじゃないんだよな」

これがよく理解できないのだ。

その「感じ」とはなんなのか。しかも、「きょう」である。だったら「きのう」は「中華」でよかったのか。さらに考えると奇妙なのは、この話法においてもっとも気になるのは、「って」だ。なによりもこの部分、つまり「って」が重要なポイントになっている。

だからこれを次のように分類することができるだろう。

「って感じじゃない話法」

食事に限らないのではないか。人はどんなときでも、この「って感じじゃない話法」を使う可能性がある。するとほとんど意味のわからない日本語になる。

「きょうはベンツって感じじゃないんだよな」

いったいどういうことだ。

なにが言いたいのだ。だったらBMWならいいのか。あるいは、「きょうはアウディって感じ」だというのか。

しかし、一般の人間は、そうそう取り替えることができないわけで、ベンツを購入する余裕があったとしても、駐車してある場所に行き自分のベンツを見て、「きょうは、ベンツって感じじゃないんだよな」と口にしたとしたら、なにごとかと思う。ま、何台も高級外国車を所有している人が、「ベンツって感じじゃない」とふざけたことを言い、ジャガーとか、アルファロメオを選ぶとしたら、それはそれでしょうがない。「感じじゃなかった」んだろうさ。だったらなんでもいいから乗りたいクルマに乗ればいいが、正直なところ、ふざけるなと言いたい。ばかやろうと言ってやってもいい。

少し話がそれた。

ほかにも、「きょうは品川って感じじゃないんだよな」と言い出す者がいるかもしれない。

いったいなんのことだ。勤めている会社が東京の品川にあるとして、しかし、「きょうは品川って感じじゃないんだよな」と言い出したとしたら、じゃあどこに行くつもりだ。少し考え方をあらため、仕事をしたくないという意味だと受け取ることもできる。この「品川」の部分に、「仕事」を入れればどうなるか。

「きょうは仕事って感じじゃないんだよな」

要するに働きたくないだけだ。つまり、「って感じじゃない話法」にすれば、なにかもっともらしいことを言っているようになるが、ただの怠惰である。

私もときどき口にすることがある。

「きょうは原稿って感じじゃないんだよな」

だから書かない。なにしろ、「原稿って感じじゃない」のだ。書くわけがないじゃないか。すると人は、「じゃあ、なんの感じだったらいいのか」と問うだろう。だったら繰り返すが、「きょうは中華って感じじゃないんだよな」の人に同じ質問をして、なにか成果があるだろうか。グループで食事に行くとひとりは必ず、「中華って感じじゃない者」がいる。

「じゃあ、なんの感じなんだよ、なにがいいんだよ？」

「べつになんでもいいんだけどさあ」

「だったら中華でもいいじゃないか」

「だけど、きょうは中華って感じじゃないんだよな」

堂々めぐりだ。まったく、「って感じじゃない話法」は恐ろしい。ではこれをべつの話法で考えてみるとどうなるか。よく考えてみれば次のようにごく単純な言葉になるはずである。

「きょうは中華を食べたくない」

しばしば、「日本人論」、あるいは「日本語論」において、その性格や態度、あるいは語法のまわりくどさが指摘されるものの、だからってやたらストレートに言うからいいと私は思わない。先にあげた「きょうは原稿って感じじゃないんだよな」を直截的に口にするとどうなるか。たとえば、編集者のところに作家から連絡がある。いきなり作家が言う。

「原稿は書きたくない」

たしかにストレートだ。きっぱりしている。遠回しの言い訳よりずっといいだろう。そして作家は話し出すのだ。「いや、なんかね、書こうとは思っているんだけどね、なかなか書けないっていうのかな、近くに公園があって子どもが走り回っているんだけど、子どもって転ぶね。あるだろ、子ども、ばたって急に転ぶっていう。すると、子どもは泣くね。泣くのはさ、人間にとってよほどの感情の変化がそこに生じたわけでね、転んだくらいで泣くんじゃないと安易に大人は叱るけど、子どもはさ、転ぶってことに対してだよ、すべてのことが信用できないっていうか、立ってる場所の曖昧さのようなものを初めて体験するといった、人間形成においてきわめて重要な局面に遭遇するってことにおいてだよ、自己の存在そのものを揺るがせるほどのことが転倒ってものにあると考えがおよぶにあたって、なんというか、ここでののんびり原稿を書いていていいのか、ほんとうにそうなのか、人は黙ってものを書くことで生きることが、そうした行為において、むしろ、なにか大事なことを失っていないかというようなね、そんなことをさ、つまり、感じるような、あれっていうか……」と、だらだら語るよりずっと話が早くていい。

「原稿は書きたくない」

だが、それではあまりに失礼だ。

言われた編集者はどうしたらいいだろう。「書いてください」と応じるしかないだろう。

だが作家は、「書きたくない」と言い、どこまでも話は平行線をたどる。ことによったら悲劇的な決裂が生まれるかもしれない。つまりある種の緩衝となるのが「って感じじゃない話法」である。

「きょうは原稿って感じじゃないんだよね」

編集者はきっと考えるだろう。「って感じじゃない人」ははほっておくしかないと。

どんな痛みなのか

たとえば、胃が痛いのを医師に訴えたことは多くの人があるのではないか。するとたいてい医師はこう質問する。

「どんな痛みですか？」

これを適確に応えられる人がいるのだろうか。

「もわーっていうか、ぐぐぐぐぐというか、ぎゅーっとした」

「きりきりとした痛みではないんですね？」

医師はかなり適確な症状を伝え、患者に手助けをしてくれたつもりかもしれないが、いったいその「きりきりとした痛み」とはどういう痛みだ。錐《きり》で刺されるような痛みのことなのか。俺はかつて一度も錐で刺されたことがないのだ。むしろ、腹を殴られたことはある。

「どすっていうか」

それもあきらかに症状を説明していない。だからといって、「ばーんと」はないだろう。爆発ではないからだ。

ボックスで買う

ライターであり編集者でもあった川勝正幸さんが亡くなられてもう三年になる。八〇年代の半ばに知りあい一緒によく仕事をした。一時期はかなり親しくしていたが、九〇年代に入り疎遠になっていた時期もあったものの、亡くなられる少し前まで私の舞台によく足を運んでくれた。

川勝さんが遺した文章をまとめ、『ポップ中毒者最後の旅』が出たのは昨年の九月だ。出版を記念して開かれたトークライブに、スチャダラパーの三人と一緒に参加した。なぜ私と彼らが川勝さんについて語るか、それを書くと長くなるが、要するに、書名に「ポップ中毒者」という言葉の入った本がシリーズのように刊行されており、最初に出された『ポップ中毒者の手記（約10年分）』で、川勝さんがまずはじめに取り上げているのが、私とスチャダラパーだったからだ。

その夜、私たちは川勝さんについて語った。

なかでも印象に残っているのは、ＤＶＤボックスをなんでも買う川勝さんの思い出だ。なにしろ川勝さんは書店でもＣＤ屋でも手にしたものは絶対に買うという人だった。そのことを親しい人はタッチ・アンド・バイと言った。だからＤＶＤボックスなど買うのが当たり前である。様々な映画を、俳優別、シリーズ別、監督別などボックスで買っていたという。もちろん、川勝さんらしい趣味がそこにはあった。けれど、なぜそれを買ったかよくわからない不可解なものも、遺品のなかにあったという。

『裸の大将ＤＶＤ―ＢＯＸ』

しかも、封が切られていなかったという。

まったく観ていなかったのだ。なにかの衝動で川勝さんはそれを手にした。「裸の大将」になにかを感じたのである。いったいなんだ。裸か？　ランニングシャツか？　『裸の大将』があるくらいだから、川勝さんはあらゆるＤＶＤボックスを購入していたかもしれない。だが、封を開けていないのである。観ていないのだ。

いや、川勝さんだけの問題ではない。

私もそうだ。ＤＶＤボックスも封を開けていないが、ＣＤの全集も封を開けていない。

『服部良一全集』

あの「東京ブギウギ」で有名な作曲家、服部良一の全集である。どうしても聴いておかなければならなかったのだ。だがいまだに封が開けられていない。一度も聴かぬまま、もう四年ぐらいが過ぎた。

川勝さんがだめという問題ではない。私が悪いわけでもない。そもそもボックスとはそういうものなのである。買ったらそれでもう満足だ。

気持ちが悪い

なんとかしたいと思うが、できないことの一つに書棚の整理がある。ものを書くような仕事の者はたいていそうだが、仕事に必要な本で棚が埋まる。きちんとした人は整理しているだろう。たいへん羨ましい。私だっていつか整理したいと思うが億劫になってできないのだ。努力はしているつもりだ。ところが整理したくてもその気持ちを萎えさせることが起こる。誰もがよく知っているあれである。

「やけに変なサイズの本がある」

ほかの本と揃わないので気持ちが悪いが、もっとたちが悪いのは、高さがあって書棚に収まらない本だ。あるいは、奥行きがやけにあるやつもあり、さらに気持ち悪い。出っぱるのである。なぜそんなに奥行きがあるのだ。どうがんばっても、入れようとしても出っぱるんだよ。

気持ちが悪い。

ぴしっと揃って書棚に並ぶと気分がいい。新書や文庫はサイズがほぼ定まっている。並べてもいい感じだ。たとえば新書を出版社ごとに並べる。統一されたデザインだ。だがそこに不意にわからないものが出現することがあるのだ。

新書なのに、サイズが変。

古くて小出版社のものだったので、すでに会社も存在せず、しかも一冊だけ買ってしまった。微妙に大きさが変だ。その一冊だけ微妙に背が高かったりする。統一感が出ないじゃないか。この気持ち悪さはなんだ。

ほかにも、どのジャンルに整理したらいいか理解できない本がある。私の専門は演劇で、戯曲だったらわかりやすく整理できるし、あるいは作家ごとに整理する場合もある。外国文学とか、映画関連の書籍、音楽関係の書籍など並べやすい場合はいいが、ときとしてどう分類したらいいかわからない書物がある。なぜそれを持っているかわからないが、次のような本はどの棚に並べたらいいのか。

『最新カラー版　お墓と仏壇　選び方・建て方・祀り方』

この「口にすると気持ちのいい日本語」のような書名はなんだ。だが、どの棚にこれを並べたらいいかわからない。なにかの原稿で必要になったはずだが、「墓」というジャンルで並べるほど墓の本はうちには存在しない。あるいは、『全国駅弁百科』はどうか。『囲碁入門』はどうだ。『海軍技術者たちの太平洋戦争』はどこに入れるのが適切なのか。気持ちが悪い。文学の棚にいきなり『全国駅弁百科』があるのはどうも具合が悪い。

知人がある夜、寝苦しくて目が覚めたという。いやな夢を見たが、詳しいことは目が覚めたとたん忘れてしまった。なぜこんなに呼吸が苦しいのだろう。なにかに拘束されているような気持ち悪さを感じて寝ていられなかった。もしかしたら睡眠時無呼吸症だろうか。話には聞いていたが、たしかに最近、少し太ってしまい、まずそのことを疑った。だが、からだを起こしても気持ちが悪い。締め付けられているような気分だ。どこか調子が悪いのか。

いやちがう。

パジャマ代わりに着ているTシャツをうしろまえに着ていた。なぜこんな単純なことで、これほど気持ちが悪いのだろう。なにしろ「うしろまえ」なんだよ。繰り返すようであれだが、知人は何度もそれを声に出したという。

「うしろまえ」

その言葉がそもそも気持ち悪いじゃないか。だって、「うしろまえ」だ。なにを言っているのかよくわからないじゃないか。だったら、「まえうしろ」ではだめなのかと知人は思ったという。

あるいは靴だ。

靴を脱いで床に上がるような建物があり、べつに靴箱があるわけではないので、用事があって上がると脱いだままにしておく。それで帰ろうとしたところ、自分の靴とよく似た靴があり、むしろ、まったく同じメーカーのスニーカーだったので、ついそれを履いてしまう。

あの気持ち悪さだ。

あれはなんなのか。

微妙に自分のスニーカーではない。サイズもほぼ同じだ。同じメーカーの、同シリーズのスニーカーだ。けれど気持ちが悪い。あれをどう表現したらいいのか。そこに足を入れると、なんというか、自分の家の風呂だと思ってのんびりしていたら隣の家の風呂に入っていたとか、自分の家のコタツだと思って温まっていたら、知らない人の家のコタツだったとか、いや、そんなふうに書くと大袈裟に思うかもしれないが、他人の靴に足を入れた感触はそれほどの違和感だ。

書棚と同じなのかもしれない。なにかがうまくいっていないのだ。ぴたっとする感じがしない。単純な違和感だけではないだろう。けれど、ごくごく主観的な気持ち悪さだ。だがこの主観には誰もが共感する。

近くで話している人

カフェでもいいし、ファミレスでもいい。見知らぬ人がすぐそばにいる状況では、その会話が自然に耳に入る。

三人の女がいた。

「わたし、デジタル時計がだめなの」と一人目の女が言った。それというのも、針がないと、たとえば正午まであと何分かとか、その目安が咄嗟にわからなくなるというのだ。「だめ、デジタルは全然、だめ」

もう一人の女が逆にデジタルがいいと話しだし、「だって数字で教えてくれるからぱっとわかるでしょ」と言う。

「ぱっとわかってもあと何分か計算する必要があるじゃない」

「でも、針だと、いま何時何分か、すぐにはわからなくなるじゃない」

それを聞いていた、三人目の女が、「わたしはどっちでもいい」と言う。見事なバランスだ。三者三様である。けれど、ここでどんな時計でもいい三人目の女がバランスを崩すようなことを口にした。

「砂時計でもいいよ」

いや、いま何時か、あれはわからないではないか。

「演歌」に登場する女性たち

つい最近、興味深く読んだのは、輪島裕介の『創られた「日本の心」神話　「演歌」をめぐる戦後大衆音楽史』（光文社新書）だ。

演歌という歌謡の一分野が、あたかも「日本の心」とか、「日本人の故郷」のように語られることについて、様々な例証をあげ、文献や音源を分析し、その実像を明らかにする。その手つきが見事だ。そもそも読み物としてたいへん面白い。なにしろ、演歌と呼ばれる歌謡がジャンルとして誕生したのは一九六〇年代の半ばだという。つい最近じゃないか。

そして著者は次のように書く。

「ジャンル形成期の『演歌／艶歌』が、後に見るように『やさぐれた夜の女の怨念』のイメージを重要な構成要素としている（以下略）」

ここでなにより気になるのは、「やさぐれた夜の女の怨念」だ。なにしろ、「やさぐれ」ているのである。そんな「夜の女」が、「怨念」を持っている。藤圭子の『新宿の女』には次のような一節がある。

「ネオン暮らしの蝶々には」

ここに歌われる「ネオン暮らし」とは、水商売の女性のことだろう。たしかに、「夜の女」だ。その自分について「蝶々」と表現する。あきらかな、「やさぐれ」だ。ちなみに、「やさぐれ・る」を『広辞苑』の第六版で引くと、「香具師《やし》・不良の隠語」とあり、意味としては、「①家出してふらつく。流浪する。②（「ぐれる」と混同して）すねる。投げやりになる。」とある。つまり、「新宿の女」は、すねて、投げやりになっている。だから、そのあと「やさしい言葉」がしみる。そして、自分で自分を「ばかだなばかだな」と責める。

悲しい。いまとなってはなんと悲しい歌なのだろう。

演歌はすごいよ。なにしろ、やさぐれているのだ。しかも怨念である。どこが「日本の心」だ。

言い訳をする

子どもの頃から言い訳ばかりしてきた。なにか失敗すると親に言い訳をした。忘れ物をしては教師に言い訳をしたし、少し年長になってからも、バイトに遅刻するたびに言い訳をした。

人生は言い訳の連続だ。

説明する必要はもうないと思うが、アマゾン（＝Amazon）はネット上にある巨大な通販サイトである。はじめは書籍を主に扱っていたが、いまでは、家電や工具、文房具や食品、さらに衣料など多様な商品を扱う。私は主に書籍や雑誌、ＣＤやＤＶＤを買うが、注文した直後、落ち着いて考えると、いま買う必要がなかったと後悔するときがある。

勢いだ。つい勢いで注文ボタンをクリックしたのだ。

注文の勢いが止まらないと、次々とクリックし、とんでもない量の買い物をしたと落ちこむ。わけがわからなくなっているのだ。なにかに憑かれたというか、ネット通販の悪魔がやってきたというか、とにかく、ばかになっている。

だが幸いなことに、まだ配送の段階に入っていなければ注文を取り消すことができる。それがキャンセルボタンだ。ここでなにより注意しなければいけないのが、「キャンセルの理由」を、いくつかの選択肢から選ぶ作業だろう。どうやらオプションになっているので「理由」を述べる義務はないようだが、人はつい、「キャンセルの理由」のボタンをクリックしてしまう。プルダウンメニューが出てくる。

いわばこれこそ、「言い訳メニュー」だ。

まず最初にこうある。

「間違えて注文した」

これを選んだらばかだと思われないだろうか。なにしろ、間違えたのだ。なぜ間違ったものを注文したかわからない。たしかに、まぎらわしいこともあるだろう。勘違いすることもあるにちがいない。

「マルクス・ブラザーズの『我輩はカモである』のＤＶＤが欲しかったのに、カール・マルクスの『資本論』を注文してしまった」

ひどい言い方をさせてもらえば、やはりこれは、ばかである。『資本論』だからまだしも、これが、『経済学・哲学草稿』や『ドイツ・イデオロギー』だったらどうか。意味がわからないじゃないか。だが人はうっかりするのだ。次のようなことだってないとは言い切れない。

「中島大祥堂の『黒わらび餅12号』を買おうと思ったのに、墨運堂の『四季　WARAZI　キット25507』を注文してしまった」

　わらび餅は食べるものだが、後者は「わらじ」だ。履くものである。ローマ字で「WARAZI」と表記されているのがどうも怪しいし、「キット」の意味がわからないが、いまはそんなことに構っている場合ではない。なんにせよ、どう間違えたらこうなるのかと言いたい。

あるいは、すでに所持しているものを注文してしまうことだってあるだろう。

全農パールライスの「精米　30周年記念　秋田県産　白米　あきたこまち　10kg　26年度産」を注文して、ふと気がつくと、「精米　宮城県登米市産　特別栽培米　白米　ひとめぼれ10kg　平成26年産」がすでに家にあったらどうするかだ。

米はいくらあってもいい。

なにしろ、「あきたこまち」と「ひとめぼれ」だ。いくらあってもいいじゃないか。

たしかにそうだが、合計で20キロだ。頼みすぎじゃないだろうか。もっというなら、つい頼んでしまったことを後悔し、やけに米を食うことになったらどうするかだ。お腹いっぱいである。恐ろしいよ、アマゾン、人を必要以上に満腹にさせる。ことによったら肥満に悩むかもしれない。肥満が原因で心臓に負担がかかり体調を崩す恐れもある。だが、やはり米はいくらあってもいい。なぜなら、食べたいからだ。

さて、「キャンセルの理由」のプルダウンメニューは、さらに「発送予定日が遅い」「配送料が高すぎる」と続くが、その次がすごい。

「商品の価格が高すぎる」

注文する前からわかっていたはずである。だが、人は勢いで注文ボタンをクリックする。米を買いすぎた人が、だったら美味しい牛肉を食べたいと思ったのだ。しょうがないじゃないか。それで注文する。

「伊万里牛の松尾畜産　伊万里牛　サーロイン　ブロック　肉　5kg」

それがどんなにいい肉なのかわからない。まして、5キロの肉がどれほどの量かわからない。注文してからふと価格に気がついたのだ。

「八万千円」

どれだけすごい肉なんだ。むしろ食べたいじゃないか。こうなったら注文だ。ただ、「八万」は許せるが、そこに「千円」と付いているのが釈然としない。その「千円」はなんだ。きりのいいところで「八万円」にしたらどうだ。

さらにキャンセルの理由は続く。

「他でAmazon.co.jpよりも安い価格を見つけた」

たとえば牛肉はどうだろう。伊万里牛五キロを、ぴったり「八万円」で売っているサイトや店があるかもしれない。そのほうが釈然とする。迷わずそちらを選ぶだろう。もっというなら、意外なことに、伊万里牛五キロを「五万円」で売っているところがあるかもしれない。だが、もっと安いサイトがあり、同じ肉、同じ量なのに「二百円」だったらどうだ。あきらかに怪しい。どんな肉かしれたもんじゃない。肉だと思ったら、写真かもしれない。注文したら写真が届く。牛肉の写真だ。

なんだそれは。

そこがネットのむずかしいところである。手にとって確かめられない。

だがアマゾンはすごいよ。なんでもある。肉も売っている。米もある。書籍もあれば、CDもある。だが、キャンセルするには少し手間がかかる。絶対しなければならないわけではないが、「理由」のボタンを押してしまう。プルダウンメニューが出てくる。つい選択した。

「その他」

義務でもないのに、わざわざそれを報告することになんの意味があるのか。

正月と映画と女とめまい

子どもの頃の正月、元旦から近所の映画館に行くのが楽しみだった。小学生の私は、子どものくせに一人で映画を観ていた。その頃の映画館は真っ暗だ。スクリーンに映し出される女が妙に艶《なまめ》かしく感じ、子どもながらその姿に魅せられた。劇場が真っ暗なせいで、外に出ると光が眩《まぶ》しかった。めまいがする。女優たちはきっと、やさぐれていたのだ。やさぐれた女は、子どもの目にも、とても魅力的だ。めまいをしながら家に帰る。ここではないどこかべつの場所に子どもの私は行っていた。

「天下りたい」

聞くところによると、どうやら「天下り」はいいものらしい。多くの者らが天下っているという話だ。だったら私も天下りたい。なにがいいのか知らないが、そんなに天下る者がいるのなら、少しはこちらにも分けてくれたっていいじゃないか。

天下りたい。

心の底から天下りたいと思う。しかし、天下りについて少しは知っておいたほうがいいのではないだろうか。「どうやらいいものだ」としか詳しいことは知らず、なにがいいのか想像だけで憧れるのも考えものである。「天」と書いて、「アマ」と読む、その「天」とはなにか。しかも下るのだ。上がるのならわからないでもない。なにしろ「天」だからだ。上昇は人の気持ちを高揚させる。

天国に行ってしまうのは、つまり昇天ということになって、死を意味するのかもしれないし、そこに宗教的な意味合いが出現してしまい、「天下り」のダイナミズムとは無縁のように感じる。あるいは、「昇天」は性的な意味でも使われ、ネットで検索したところ「カーセックスで昇天　秘密のH体験談」というサイトが見つかった。あるいはこれはどうだ。

「渾身の連続イカせ　大昇天セックス」

だったら、やはり「天上がり」のほうがいい。「天下る」なんてもってのほかじゃないか。繰り返すが、「大昇天」のようなダイナミズムがないじゃないか。

しかし、「天下り」はしばしば社会的な問題になっている。「○○は○○の天下り先」といった言葉によって告発され、どうやら社会的にはまずいことになっている。だが、「社会的にまずいこと」はたいていなんらかの利益が生じるからこそ問題になるのだろう。だから初志を貫徹だ。繰り返そう。

天下りたい。

べつに告発されたっていいよ。人からどう思われたっていい。石を投げつけられたって構うものか。血が出たって天下りに勝るものはない。なにかいいことがあるのだ。

「天下ると、たまたま買ったポール・マッカートニーの公演のチケットの席がすごくいい位置だった」

たしかに幸福だ。天下りってすごいな。

「天下ったら、毎日必ず、百円拾う」

こつこつ貯めるのだ。一年で三万六千五百円になる。

「天下ったら、キッチンのガスレンジの周辺の油汚れが取れた」

すばらしい。こんなにいいことがほかにあるだろうか。

だが、やはり「天」である。それは主に、高いクラスにある社会的な地位のことらしい。たとえば官僚だ。定年を迎えた官僚が、なくてもいいような財団法人のようなものが、そうした元官僚を迎えるために作られ、意味のない仕事で潤うという。あるいは、道路公団が発注する工事が一部の業者に集中して落札されるが、その業者には元道路公団の幹部が天下っていたという。さぞかしいい思いをしているのだろうな。

天下りたい。

そのためには、「道路公団」だの、各省庁の「官僚」にならなければだめだというが、きっと、わけのわからない「天下り」もあるだろう。ある日、あなたのところに「天下りませんか？」というメールが届くかもしれない。迷わず、「天下れ！」と言いたい。人は誰だって、チャンスがあれば「天下り」たいのだ。国民すべてが「天下る」社会を想像してもらいたい。こんなに幸福な世界はない。

「天下り党」

いつかそんな政党が出現する。公約はただひとつだ。

「天下りたい」

「相場を知らない」

しばしば書いたことだが、ものの相場がよくわからない。私は酒が飲めないので、酒についてまったくなんの知識もない。当然だが自分で買わないからその値段を知らない。

「缶ビールはあれひとつでいくらなのか？」

わからない。たとえばそれが缶コーヒーだったら、だいたい、百二十円といったようにすっと出てくる。無知とは恐ろしいものだ。

かつてべつの場所にも書いたことがあるが、モーリシャスに行ったときのことを思い出す。小さなホテルのレストランで、地元の青年たちと話をした。彼らは日本製品の値段をしきりに知りたがっていた。一九八〇年代の後半だ。まだメイド・イン・ジャパンが世界中で圧倒的に信頼されていた。一人が時計を示して日本でこれはいくらなのか質問してくる。よく見ればフジテレビのマークが入った、あきらかな番組の謝礼品である。おそらくフジテレビのロケ班がモーリシャスに来たとき適当に配ったのだろう。だが、「謝礼品でなんの価値もないよ」と言ったら気の毒だ。私は「百ドル」と言った。「米ドルで？」と若い男は質問する。「そうだ」と言うと、腕を上げ、こぶしを作る、よくあるガッツポーズというやつをして喜ぶ。そうやって次々と喜ばせていたが、意外な質問がきた。クルマの値段だ。当時の私はクルマに興味がなかった。わからないので適当に応えた。百万円ぐらいだと思ったのだ。質問に出た車種だって知らないし、それがどれほどするかわからないものの、さすがに百万円は安い。彼が買った金額よりずっと低かったにちがいない。

急に無口になった。うなだれた。しまいに、机につっぷした。

それだけの衝撃が私が口にした金額にはあったのだ。それはたとえば、トヨタの高級車レクサスを五万円と言ったぐらいの暴落である。

「帰る」

落ちこんだ彼はその後もずっと無口になり、うなだれ、がっくり肩を落とし、そして帰って行った。悪いことをしたな。むしろびっくりするぐらいの値段を言えばよかったのだ。

だが、相場がわからないものは、まったくわからない。

「ボウリング場では1ゲームいくらなのか？」

わからない。

人生で私は、ボウリングを五回くらいしかやったことがない。そのときどれだけ支払ったか記憶がないのだ。たしか、靴を借りるのにも料金が発生するのではなかっただろうか。あるいは、ことによると時間制なのだろうか。ある一定の時間内だったら、何ゲームまでやっていいのだろうか。

だが私は、行ってみたいのだ。

相場のわからない世界に足を踏み入れたい。

ボウリング場でいったいどれだけ散財してしまうのだろう。そしてゲームを楽しむわけではない。むしろ相場を知りたい。なかには、相場も知らないのにボウリング場なんか行くべきじゃないと忠告してくれる方もいるだろうが、行きたいんだよ。誰がなんと言おうと、相場がわからない場所に行ってみたい。

「カラオケはどうなっているのか？」

あれはやっぱり時間制なんだろ。一曲歌うといくらというようなことではなく、時間で相場が決まっていると想像するが、それがまったくわからない。学生もよくカラオケに行っている。学生が行けるんだ。むしろしょっちゅう行ってるらしい。一人カラオケも楽しんでいるという。安いに決まっているが、相場がわからない。もし、とんでもない高級カラオケ店に入ってしまったらどうだろう。一時間一万円だったらどうだ。

無知は恐ろしい。

私はなにも知らない。相場を知らない。ものの値段を知らない。白菜は、あれ、いくらなのか？

あくびについて

ある年齢に達すると、周囲に気をつかい、あくびをするとき手で口を隠すなど、それなりのマナーを守るが、学生はひどかった。たまたま私が教えていた京都の学生がそうだったのかもしれないし、授業が朝の九時からだったこともあったかもしれない。だが、あの無神経さはなんだ。大いにあくびをする。大口を開けるのなんかなんの躊躇もない。

しかし、人はときとして、不意にあくびが出てしまうときがある。無意識にあくびをする。先日、スーパーマーケットで店員さんに質問をしていた人がいた。

そこで私は見た。恐ろしい瞬間だ。

質問をしたとたん、あくびをする客。なぜ、そこなのかと私は思った。もっとべつのタイミングがあるのではないだろうか。質問されたほうはどう思うだろう。

「本気でこいつ、質問してるのか？　いいかげんな気持ちじゃないのか？」

質問者はあくびをする。「白菜はどこにあるでしょふわーっ」だ。質問の途中でもうあくびが出る。だが、そんな病だとしたらどうだろう。質問しようとするとあくびがでる病。いわゆる「質問あくび病」だ。誤解される。私たちは寛容でなければならない。あくびに対して寛容でいたい。質問するとあくびをしてしまう人たちがいるのである。

『踊る昭和歌謡』を読む

以前読んだ、『創られた「日本の心」神話』（光文社新書）にはとても刺激された。それまで知らなかったことが豊富な資料を元に論述され多くのことを教えられたが、その著者である輪島裕介の新著が、『踊る昭和歌謡　リズムからみる大衆音楽』（NHK出版新書）である。冒頭、次のように記される。

「大衆音楽とは、踊る音楽である」

いきなりすごいことが書かれているのだ。さらに「踊りとの結びつきが大衆音楽の最も大きな特徴の一つであることは確かだ」と書いて、ポップミュージックのある側面、いやむしろ、本質的な部分に迫る。

全編、解説したい気持ちになるほど、本書もまた刺激的な内容であり、教えられることが多かった。五〇年代の「マンボ」、そしてその後に出現した謎のリズム「ドドンパ」など、いくつか興味深い話のなかで、ここでは八〇年代に出現した「ユーロビート」について語っておきたい。著者は書く。

「洋楽のようで洋楽じゃない、昭和のようで昭和じゃない、現代のようで現代じゃない、J-POPのようで、J-POPじゃない、それはなにかと尋ねたら、それはユーロビートだ」

あまり関心を持って聴いたことがなかったので、ユーロビートについて詳しく知らなかったが、「ユーロ」と名乗っているくせに、ちっとも「ユーロ」ではないという。元々、七〇年代の後半にイタリアで生まれたディスコサウンドが輸入され、日本でガラパゴス的に進化し、成長したという。

そして衝撃的な記述に驚かされる。もうユーロビートなど存在しないと思っていたが、まだこの国では生き残っていた。「ユーロビートは（中略）『ザッツ・ユーロビート』（アルファ）、『スーパー・ユーロビート』（エイベックス）といったコンピレーション盤を通じて流通した。そこではいつの間にか、イタリアのプロデューサーが日本マーケットのためだけに決まったスタイルの楽曲を量産する、という回路が形成された」と記され、さらにこう語られるのだ。

「前者は既に制作をやめているが、後者は、二〇一五年初頭の時点で実にＶＯＬ．２３０を越える、未曾有の長寿シリーズになっている」

大変なことになっていた。

すごいよ、ユーロビート。いったい誰が聴いているのだ。誰が踊っているのだ、ユーロビートで。

デアゴスティーニ的なもの

もし、いまどんな人に会いたいか問われたら、私は迷わず、「デアゴスティーニ的なものをコンプリートした人」と応えるだろう。

会いたいんだ。なにかを完成させた人、シリーズを最後まで買い続けた人だ。現代の偉人と言っても過言ではない。けれど問題なのは、「デアゴスティーニ的なものを買った人」が近くにいないことであり、「あ、俺、買い続けましたよ」と名乗り出る者がいないことである。そうなると、「コンプリートした人」に会うのはきわめて困難だ。

たとえばそれは、「週刊戦艦大和を作る」だ。なにを言い出したかと思う人もいるだろうが、「デアゴスティーニ的なもの」のシリーズのひとつにそういうタイトルがあった。注文すると毎週そのパーツが送られて来るというのをCMかなにかで見たことがあるが、たかだかCMでの認識でしかない。正しいことはわからないが、おそらく定期購読という方法で注文すると、戦艦大和の模型のパーツが、「週刊」だけに、毎週送られてきて、それをこつこつ組み立てるのだろう。

定期購読者はどれだけいるのか。

ほんとうに戦艦大和を完成させた人はいるのか。だいたい、毎週、少しずつ届いたパーツで戦艦大和を作るという意味がわからない。わかってたまるかという気持ちにもなる。だって、「大和」だよ。その情熱がわからないのもあるものの、どこにだって、どんな場所にだって「趣味」はあり「戦艦趣味」があってもべつにいい。ただ、「大和」だったら、どーんと大胆にやるべきだが、こつこつ毎週というのはいかがなものか。「こつこつ感」と「戦艦大和」が似合わない。繰り返すが、なぜいま「戦艦大和」か、わからないと言えば、わからない。とはいえ、政治的な話を持ち出すのは野暮である。

なぜなら、「デアゴスティーニ的なもの」だからだ。

毎週届くのである。こつこつやるのである。そんなものに政治を持ちこんでもしょうがないじゃないか。「戦艦大和を作るといったふうな、あれは、いわば、戦意高揚のなになのだから、いま、この深刻な状況において、それはどうも、なんか、例のあれを、どっちかというと、あれなのではないか」と真顔で語り出すのもばかばかしい気分になるのは、なにより、「デアゴスティーニ」という言葉の響きが間抜けだからだ。

デアゴスティーニ。

繰り返すことに意味はないが、「デアゴスティーニ」であり、「デアゴスティーニ的なもの」だ。まじめに語るのがばかばかしい気分になる。

ところで、デアゴスティーニ的なるものは、「戦艦大和を作る」だけではもちろんない。CMでも流されているように様々なシリーズがある。以下、デアゴスティーニに限った話になるが、その過去のシリーズを同社のサイトより、ごく一部を引用すると次のようになる。

「蒸気機関車D51を作る」「トヨタ2000GT」「戦国甲冑をつくる」「そーなんだ！

歴史編」「安土城をつくる」「刑事コロンボDVD&冊子　全45巻」「世界遺産DVDコレクション」「漢方ライフ」「ビジュアル源氏物語」

こうして並べるとジャンルに限定がないのがわかるし、「作る」だけではなく、DVDを揃えるようなものもあったり、よくわからないものもある。いったい、「そーなんだ！　歴史編」とはどのようなものだろう。まして、「漢方ライフ」とはいったいなんのことなのか。

さらに、「デアゴスティーニ的なもの」と表記したように、それはデアゴスティーニに限らず、ほかにもよく似たシリーズがあることを知っておくべきだ。

「ミステリー・ゾーンDVDコレクション」

これは、「アシェット・コレクションズ・ジャパン」から出ている。CMを見たのだ。つい注文してしまった。なにがいけないのだ。ではシリーズをコンプリートしただろうか。私は「ミステリー・ゾーン」、つまり原題「The Twilight Zone」のマニアだったから、すべて網羅しただろうか。収集できただろうか。なにしろ私は「ミステリー・ゾーン」のマニアではないか。

一回だけ買って挫折した。

定期購読もしなければ、ほぼ隔週で発売されたそれをこつこつ収集することもしなかった。なぜなら面倒だったからだ。しかも創刊号は特別価格と記され七九〇円と安いが、第二号以下が一八〇〇円以上して、少し高い。そんなに俺はマニアだったか疑問を持ち出したらもうだめだ。

だからコンプリートした人はすごい。

デアゴスティーニ的なものを最後まで講読した人に私は会いたい。そして質問したい。

「どういうつもりだ？」

だって、「戦国甲冑をつくる」んだよ。それを完成した人の気持ちがわからないじゃないか。どこに飾るのかと言いたい。豪邸だったらいい。飾っておくのにふさわしい部屋があるかもしれないが、都市部のマンション住まいだとしたら、いったい戦国甲冑をどこに飾ればいいか悩むじゃないか。では、安土城はどうなのか。どこに飾るのか。

だから会いたい。会って話を聞きたい。質問したい。

「どういうつもりだ？」

長渕剛さんとギター

私はけっして、長渕剛さんと、その歌を否定しているわけではない。はじめにそのことをはっきりさせたいが、ただ気になることがあるとすれば、それは、もう長渕さんにギターは必要ないのではないかということだ。もちろんバックバンドに演奏を任せたライブではギターを手にしていないし、歌唱だけで、ほとんど音楽的に問題はないと思うが、それでもなお、ギターによる弾き語りをする。

あのギターの意味とはなんだろう。

矢沢永吉さんは、キャロル時代、ベースを担当していた。だが近年のライブでは、ベースを手にすることなく、ただ歌う。舞台を駆け回り、踊り、そして歌う。では長渕さんにとってのギターとはなんだろう。

おそらく、フォークシンガーとしての矜持《きょうじ》である。

アコースティックギターがないと自分がなんだかわからなくなってしまうのだ。元プロ野球選手の清原の、ただの友だちだと思われる恐れがある。ことによったらボディビルダーだと思われる恐れもあるだろう。

フォークシンガーなんだ。そのためのギターだ。

長渕さんにはギターがよく似合う。

心のこもらない話をしたい

人はうっかりしていると熱弁してしまうものだ。

考えてみれば、そんなことで熱弁することの意味がわからないことはしばしばある。

「Ｓｕｉｃａとか ＰＡＳＭＯといった、電子方式の乗車カードをうっかり左手に持ってしまい、それで自動改札を抜けようとすると厄介だ」

たしかにあれは不便だ。たまたま右手に重い荷物を持っているのだ。それで左手にカード入れを手にした。すると、自動改札の、ピッと鳴る例のあれに、接触させようと思うと手を変な具合に伸ばさなければならない。人はうっかりしていると、ついそのことを熱弁してしまうのだ。

「大変だったんだよ！　右手にだよ、この五キロはあろうかという鞄をだ、持っていてだ、するとどうしたって駅の改札を抜けるとき左手でスイカを手にするしかないじゃないか！　なぜなら、腕は基本的に二本しかないからさ！　それで私はスイカを左手に持った。だが諸君、考えてみてくれ！　そのとき私の左手がどのように動くかだ！　改札を抜ける。なぜか、カードをかざす位置は右側だ。するとどうなる。私のこの左手はどうなる！　そうさ！　変な具合に伸ばすのさ。からだの前をクロスするような感じで伸ばすのさ！　断固、主張したい！　スイカは右手だ。荷物は左手だ！」

そんなことはどうだっていい。力説するようなことではないし、左利きの人もいる。

だから、私は、心のこもらない話をしたい。

まったく人を感動させないような話し方をしたいと思う。棒読みともちがう。抑揚はしっかりついている。それでも心がこもらない。抑揚はあるものの、そこを強調しても意味がないところにこそ力をこめる。

「いやあ……、と！　ても……か……ん、へくしょい。ど！　ぅ……して、いやあ、泣け」

これだけだ。心のこもらない話にこそ真の感動は存在する。

村岡のせいにする

ある仕事を一緒にやっているライターに、村岡という者がいる。釣りが趣味で、なかでも磯釣りはそうとう好きらしい。まずそのことが私には理解できないが、とても優秀なライターだ。大手企業のパンフレットの仕事で海外に行くなど、バブル時代のような仕事ぶりだ。しかも鎌倉に住んでいる。この四月、子どもが幼稚園に入った。なにもかも幸福そうだ。

なにやら腹立たしい気持ちになってきた。いったいこの感情をどのように解消したらいいのだろう。

去年の十月だ。知人の結婚式があり、久しぶりにスーツを着た。そのとき、そでに手を通そうとして肩を痛めた。少し動かそうとするとひどく痛い。それが半年以上過ぎてもまだ治らない。それで私はつくづく思った。

「村岡のやろう」

　これだけ書いてもなにがなんだかわからないだろうが、これも皆、村岡のせいだ。釣りが好きな上に仕事で海外へしばしば行くようなやつがすべて悪い。村岡がいけない。なにもかも村岡のせいに決まっている。

　そしてこれはなんにでも使えることに気づいた。

　人はときとして、どうでもいいことでからだを痛める。特に足の小指が危ない。なにかの角に足の小指をぶつけたときの痛みはいったいなんだ。しかもぶつけたのは自分だ。自分の責任だ。だからなおさら腹立たしい。だが、そんなときはこう呟《つぶや》けばいいのだ。

「村岡のやろう」

　すべて村岡の責任である。なにもかも村岡がいけない。

　これはいいぞ。なんにでも使える。いくつもある原稿の締め切りはとうに過ぎているが、それも皆、村岡のせいだと私は考えることにした。まったく村岡にも困ったもんだよ。一度、きちんと意見してやらなければと思う。村岡を呼んで、「ちょっとそこに座れ」と私は言う。なにか問題があるのかと思って村岡は恐縮している。それで私は言う。

「原稿が書けないんだよ」

「どうかしたんですか、なにか問題が起こりましたか、創作上の悩みとかそういった……」村岡は心配してそう言ってくれる。根はいいやつなんだ。私を気遣ってくれるし、そもそも私の仕事を喜んでくれる。

　だが私はきっぱり言う。

「村岡のせいだ」

「なんですか？」村岡の表情が一気に曇る。

「書けないんだ。なにもかも村岡だ。村岡がいけない。だいたい、おまえというやつは、なぜ、初めて俺の家に来たとき、家族がいるというのにだ、家族の前で、地方に取材に行ったときの話をしたんだ」

「いけませんでしたか」

　まったく村岡は気づいていない。

「なぜ、その土地で風俗に行った話をするんだ。しかも、地方の風俗はいいんですよと言っただろう。その土地によって風俗の傾向がちがうとかなんとか、蘊蓄を述べたじゃないか。俺は様々な土地の風俗の傾向を知りたいと思わないし、だいたい、家族の前でするような話題じゃないだろう。その尺度というもの、その場で口にしていいことと悪いことの尺度を、おまえはわかってるのか？」

「話しちゃいけませんか。人間にとっても性はきわめて根源的な問題じゃないですか」もっともなことを村岡は言う。

そこで私は言う。

「風俗ってなんだ?」

やぶからぼうな質問である。

「いやあ、そんなふうに問われても困りますが、女の子がいろいろサービスしてくれる、例のあれのことですが」と村岡。

「そんなこと知ってるよ」と私。

まったくわけがわからない説教になってしまった。

そういえば、べつの機会に村岡が家に来たのは、とある海外の国にやはり仕事で行った村岡が土産で買ってきてくれた食材で、辛い肉料理を作ったときだった。知人を呼び、みんなで食べることになった。辛かった。それで、辛い辛いと口にしたまま、みんな帰ったのだが、肉料理を出したら、御飯を炊いてあったのをすっかり忘れたのだ。

御飯が八合残る。

私の家には育ち盛りの運動部に所属している高校生がいるわけではないのだ。八合の御飯には困った。

「村岡のせいだ」

ただただ村岡のせいにする。まったく村岡のせいで、ひどい目にあったと腹立たしい気分になっていたが、それから一週間ほど、冷凍して保存した御飯を電子レンジで解凍して食べた。炊きたての御飯が食べたかった。ふっくらとした御飯が食べたかった。村岡のせいだ。なにもかも村岡がいけない。あと、うちで飼っている猫が、トイレではなく、風呂場に行き、湯を抜いた湯船に入ってはうんこをするようになってしまった。村岡のせいだ。さらに、鎌倉に住んでいる村岡は、最近の鎌倉は平日から観光客が押し寄せ、すっかり住みにくくなったというが、その理由は明白である。

村岡のせいだ。

ラジオの素晴らしさ

すでに私が子どものころには、家族でラジオを聴く習慣はなかった。テレビが普及しはじめた時代だ。子どもだった私もテレビをよく観ていた。それに飽きたというわけではないが、小学校も高学年になってラジオを聴き始めた。

「明治製菓提供　ＧＳ人気投票」

そのころよく聴いたのは「ＧＳ」こと、グループサウンズの人気投票番組だ。グループサウンズをどう説明すれば適切かわからないが、まあ、あえて説明すると、見た目はロックバンドのようだが、アイドル性が高く、音楽的にはほぼ歌謡曲といったグループの総称だ。投票は明治製菓のチョコレートの包み紙の裏にグループ名を記すことになっていた。毎日、放送していたその番組で、なにより好きだったのは金曜日だ。ふだんはベストテンぐらいしか紹介されないのに、毎週金曜日になると、二百位ぐらいまでランクされたグループを読み上げる。聞いたこともないようなグループが登場し、それが面白くてしょうがなかった。

「グランプリーズ」

ものすごいグループである。さらに、「ジュークボックス」「ザ・ワックス」「エロティックメン」など、書き出していったらきりがない。「ザ・ドリフターズ」もランクされていたし、「ドンキーカルテット」もランクされていた。

この春から私はラジオ番組のパーソナリティをはじめた。

いつかその番組で、「グランプリーズ」の歌を紹介したいと思うが、「グランプリーズ」の音源などあるのだろうか。そもそも、そんなバンドがほんとうにあったのだろうか。

フランス語のテキスト

知人がフランス語を習っている。

もう古いテキストだが、フランス語学習にいいと教えられ、『ディプロス　フランス語会話マニュアル』という本を買ったという。その価値が私にはよくわからないが、定評でもあるようだし、いいテキストなのだろう。

だが、その会話の例題が気になったのだ。少し読ませてもらった。本来ならフランス語で書くべきだろうが、日本語で記させてもらう。こういう章があるのだ。

「秘書と」

これは旅行のためというより、ビジネスに役に立つフランス語のテキストのようだ。

「自分の秘書を叱る」

それが大事なんだ。なにより叱らなくてはいけない。しかも自分の秘書だ。他人の秘書を叱るのはなにかおかしいが、そんなことはともかく、「自分の秘書を叱る」ではこんな会話が展開する。大西氏と秘書のセティ夫人のやりとりだ。

大西氏「ボルドー氏宛の招待状はどこですか？　見あたらないんだけど。今日中に投函しないと間に合わないんですよ。」

セティ夫人「えーと、…私の机の上です。」

大西氏「すぐ持ってきてもらえますか？」

セティ夫人「それが……」
大西氏「え？」
セティ夫人「あまりに手紙が多かったもので。」
大西氏「それで？」
セティ夫人「あの、まことに申し訳ございません。…タイプするのをつい忘れていました。」

それで大西氏は怒るのだ。

大西氏「セティさん…こんなことを言うのはいやなんだけど、最近のあなたの仕事ぶりを見るとねえ…もう少しなんとかならないかと」「お休みは多いし、そればかりじゃなく、仕事ぶりも、とても満足のいくものとは言えませんしねえ、」

かんかんである。

だが次の項目に登場する中山氏はちがう。そもそも項目名が穏やかである。

「秘書をほめる」

中山氏は、秘書のベルジュさんを徹底的にほめ、そしてこんなふうに言う。

中山氏「近頃はねえ、あなたのようなかたはなかなか見つかりませんよ。有能で…専門知識があって、」

なにか下心があるんじゃないかと思うほどのほめようだ。

だがこのことから私たちは大きな教訓を得る。たとえ、フランス人でも、優秀な秘書を雇ったほうがいい。

あたりまえだけど。

思い出の品

誰にだって思い出の品のひとつはある。手放したくはないのだ。いくら古くなっても捨てたくない。たとえば、ぼろぼろになったリュックかもしれない。そのリュックを背負ってどれだけ多くの山に登ったか。どんなに汚れていようと、それを捨てることは、思い出そのものを捨てることだ。

捨てられるものか。

だが、私はここで、はっきり言っておきたい。思い出にまつわる話だ。人の意識を過去へと誘う「モノ」への提言である。

「思い出の品は小さいほうがいい」

なぜなら、いくら思い出がこもっていようと、でかいと邪魔だからだ。

「思い出の帆船」

でかいんだよ。なにしろ、帆を上げているのである。個人でそれを所有するほどの裕福な人だったとしても、じゃあ、そんなものを大事にしまっておくとしたら、どうすればいいか想像もできない。

大富豪だったら可能だろう。とんでもない富豪だ。思い出の帆船をいくつも保有し、「この船で、俺がパナマ運河を渡ったのは、まだ若いときだったがな」などと語り出す。そんなやつのことはどうでもいい。パナマ運河だろうが、スエズ運河だろうが渡ればいいじゃないか。

私が語りたいのはそんなことではない。ごく一般的な話である。ちょっと大きいだけでも、「思い出の品」は邪魔になるという話だ。

「思い出の金剛杖《こんごうづえ》」

富士山に登ったのだ。そのとき記念にと、五合目あたりで買ったのが金剛杖だった。お土産物として売られているのか、それとも、まさに登山に必要だから売っているのかわからないが、杖として登るときに便利だろう。富士山の頂上まで私も登ったことがあるが、足もとが、あれは火山灰というのだろうか、ざくっと音をたて柔らかい感触で登りづらい場所もある。岩場もある。坂はきつい。杖はきっと役に立つだろう。

そして富士登山という偉業の記念だ。

大事に家に持って帰る。棚かなにかに金剛杖を飾り、「俺は登ったよ。頂上まで登ったよ」と自慢する。ときどき手にしては、富士山を登った、あの日の、八合目半で飲んだ、万年雪を溶かした水の美味しさをしみじみ思い出す。

だが、金剛杖は長い。

一年もするともう邪魔になっているのだ。もっと小さければいいが、人の肩ぐらいの高さがある。なんでこんなでかいものを買ったのかとさえ思う。だって、ただの棒じゃないか。それが家にある。それからというもの、毎年大掃除の時期になると家族は考えるのだ。なにしろその家では、家族が全員、金剛杖を買ってしまった。父と母、高校生の娘と中学生のサトルがいる。四人家族だ。四本ある。

大掃除である。

「これもういらないいんじゃない？」高校生の娘が言った。

「富士山に登ったんだからなあ」と父は感慨深げに言う。

「大変だったわね。サトルもよく登ったわよ」と母が同意する。

「まだサトル、小学生だったのよ」

「でも家に持って帰ったとき、最初に、でかいって言ったの、お母さんだったよ」娘は遠慮がない。

「だってでかいもの」と母は、娘の遠慮のない言葉に応えた。

「ほんと、でかいよね」と娘は言う。

「富士山、よかったよな。なにか大きなものを得た気がする」

父は金剛杖を手にしてまだ感慨深げだった。

「なんで四本もあるのかしら」と母も思ったままのことを口にした。

「でかいよ」サトルも言った。

父はただ、黙っていた。それから、しばらく誰も金剛杖のことを話題にしない。邪魔なんだ。たしかに思い出の品かもしれないが。金剛杖を家に持ち帰ると邪魔になる。なぜなら、山で手にしたときより、家に持ち帰ると意外にでかいからだ。

思い出の品は小さなほうがいい。

先日、新宿駅で、金剛杖を手にして、嬉しくてたまらないという表情の西洋人のグループを見た。富士山に登ったのだろうか。またべつの山かもしれないが、その西洋人にとっては珍しいし、日本の思い出だからといって、「金剛杖」に騙《だま》されてはいけないと私は思った。どこの国に帰るのだろう。大方、ヨーロッパのどこかの国なのだろう。彼らの家の規模は想像ができない。だが、彼らもまた家に帰り、数年後に言うのではないか。

「これ、じゃまだなあ」

金剛杖だったらまだいい。自分が乗り続けた車にも人は思いがこもるものだ。だからって何台も、車を置いておくわけにもいかない。都市部ならなおさら駐車場が大変だし、税金だって高い。車もだめだ。なにかのはずみで隕石を拾ってしまったらどうすればいいのだろう。貴重である。思い出の品になるだろう。それを家に持ち帰った。そして言う。

「これ、じゃまだなあ」

たいていのものはじゃまなんだよ。だが、思い出でもある。そのなかに過去がこめられている。捨てたいが捨てられない。捨てるとなにかが壊れるように感じる。ほかにも、友人の結婚式でもらった食器セットはどうすればいいのかと思うし、年末に商店街の福引で当たってしまった、ちょっとどうかと思うような大きさのぬいぐるみがあり、祖父から譲られた、異常に大きな切り株の置物など、例をあげたらきりがない。

だから私はきっぱり言おう。

思い出の品は小さいほうがいい。

大瀧詠一の言葉を味わう

多くの人に惜しまれて、二〇一三年の暮れに亡くなられたミュージシャンの大瀧詠一さんは、生前、多くの言葉を遺した。

「日本人は歴史を寸断して考えるでしょ？　忘年会やるからダメなんだよ（笑）」

こんなに素晴らしい言葉があるだろうか。

忘年会はだめだ。すぐに歴史を忘れる。過去を忘れる。思い出を失う。思い出の品は小さいほうがいい。

コンビニのサンドイッチ

以前からおかしいと思っていたものに、コンビニの棚に並ぶサンドイッチがある。ふだんあまり食べないが、舞台の稽古をしているときなど、夕食を取りにどこかに行くのも面倒なので、コンビニでおにぎりやサンドイッチを買ってくる。

それなりに美味しい。

けれどサンドイッチのなかに謎な商品があるのだ。

「パンの枚数が奇数」

たとえば三枚のパンに具が挟まっている状態を想像してもらいたい。どうやって食べればいいかわからないじゃないか。これが、パンが偶数だった場合、二枚に挟まれた具のサンドイッチを食べ、たとえば四枚なら、二つのサンドイッチを食べることになる。あたりまえだ。ごく普通だ。ところが、三枚、なかには五枚もあるかもしれないが、あれをどうするのが正しいか、サンドイッチを目の前にして悩むのである。

その存在が奇妙だ。仮に、パン二枚に挟まれたタマゴサンドをごく普通のサンドイッチとして食べるとどうなるか。

残されたのはパン一枚とタマゴの具だ。

人は苦悩する。この残りの「パン一枚とタマゴの具」をどうやって食べればいいかわからない。だってそうだろう。食べづらいじゃないか。サンドイッチのように手に挟んで食べたらいったいどうなるのか。もしそんなことをしたら、具のなかに指を突っ込むことになる。そんなことができるものか。

サンドイッチを目の前にして人は苦悩する。

この姿がもうだめだ。もっと苦悩すべき場所があると思う。苦悩にふさわしい対象があるのではないか。画家が、自身の作品を前にして苦悩する姿は、芸術家としての正しい姿だろう。作品に満足できない画家が自身の表現に苦悩し、キャンバスにナイフを突き立てる。

だが、サンドイッチを目の前にして、「こんなもの！」とナイフを突き立てたとしたらどうだ。その人を見て、周囲の者らはきっと言うだろう。

「食べ物を粗末にしている」

苦悩する芸術家もばかに見えないこともないが、サンドイッチを前にして苦悩することのくだらなさには、より深い愚かさがある。これもすべて「パンの部分が奇数」だからだ。

あれはいったいどういうつもりだ。

一口で食べろと言うのか。そうできる者しか食べてはいけないのか。大口を開けて食べろと強制するつもりか。その瞬間に苦悩したらどうすればいいのだ。

「大口を開けてパンが奇数のサンドイッチを食べようとした瞬間に苦悩する」

いよいよだめだ。

また来たと思われたくない

なぜ人はあとで考えればどうでもいいことに気を揉まなくてはならないのだろう。たとえばそれは、一度、入ったカフェで時間を潰し、時間が来たと思って外に出たら、まだ早かったと気がついたようなときに起こる。

また同じカフェに行くのが憚《はばか》られるのだ。

だったらべつのカフェに行けばいいと安易に人は考えるだろう。けれど、生憎《あいにく》、近くにほかのカフェはないのだ。こういう場合、ないと決まっている。あらかじめ、ほかへ移ればいいような都合のいいカフェは用意されていない。だとしたら、私はいったい、どのようにして時間を潰せばいいかわからない。

このことを私は、「残余の消尽の不可能性」と呼びたい。

ま、ただもう一度、同じカフェに戻るのに気を使い、「あいつ、また来たよ」と思われたらどうしようという気持ちだが、その小心さを「残余の消尽の不可能性」と記すともっともらしくなる。つまり『ゴドーを待ちながら』のようなものだ。ま、なにを言っているのかまったくわからないが。

けれどこれだけは強調したい。私はそんなふうに思われたくない。

「あいつ、また来たよ」

だめだ。そんなふうに思われるくらいなら、ただぼーっと外で立っていたい。『ゴドーを待ちながら』の、ウラディミールとエストラゴンはただ待っていたではないか。あの二人の茫漠《ぼうばく》とした気分に比べたら、私はずっといい。私には、その時間が来るとはっきりわかっている。その時間が残余だ。それを消尽する虚しさなど、なにほどのことでもない。

今年の二月だった。

読書のサークルでの講演を依頼された。開催されるのは名古屋だった。関西に行くことは多かったが、名古屋はあまりない。土地勘もなく、会場に充てられたホールがどこにあるかもよくわからなかった。メールでもらった住所と地図だけが頼りだ。前日に名古屋入りして一泊した。宿泊したホテルからほど近い場所が会場だということはあらかじめ教えられていた。

ただ、その催しのことをなにも知らない。

私の講演だけではなく、いくつかのイベントがあるらしいと教えられたが具体的なことはわからない。ただ、会場に行けばなんとかなると思っていたのだ。係の人がそこに待機し案内してくれるだろうと想像していた。会場はホールの会議室のような場所だという。ホテルのチェックアウトの時間は決まっていたので、早めに外に出なければいけなかった。

時間がかなり余った。

それで会場に充てられているホールのすぐ目の前にあるカフェに入って時間を潰すことにした。本を開いて時間を潰す。けれど休日だったせいかカフェが満員だ。なんとなく長居するのも気が引けた。講演に予定されている時間の一時間ほど前だが、なんとかなると思って、早めに外に出た。ホールに行けばなんとかなる。誰かいる。案内してくれる。

だが、なんともならなかった。

誰もいない。案内する者の姿などどこにもない。

講演する会議室の前に行ったが、人の気配もなく、灯りも付いていなくて薄暗い。あらためてホールの外に出た。

行く場所がない。

あるのはさっきまでいたカフェだ。そして私のなかに生じたのは、「あいつ、また来たよ」と思われたらどうしようという不安だけである。もうそのカフェには入れない。少し歩いてべつの店を探した。こうなったらどんな店でもいい。少しだけ時間を潰したい。つまり、「残余の消尽」だ。だが人はそこで絶望する。それこそが、「残余の消尽の不可能性」だ。簡単な言葉で記すなら次のようになる。

「行くところがどこにもない」

私は途方にくれた。名古屋の街で途方にくれ、ただ立ち尽くしていた。ともかく、「あいつ、また来たよ」とだけは思われたくなかったのだ。

ご存じの居酒屋

あれはたしか、代官山の蔦屋（あのＴＳＵＴＡＹＡが経営するカフェも併設したおしゃれな店舗）で、二〇一二年の一月に亡くなった川勝正幸の新刊を記念したトークイベントのあとだったと記憶する。

私とスチャダラパーの三人がゲストで呼ばれて話をし、故人も湿った話など聞きたくないだろうと、ばかばかしいトークに終始し、とても楽しかった。会場には川勝さんにゆかりの方が大勢いらしていた。終わってからどこかで打ち上げをしようということになった。誰かが言った。

「じゃあ、ナカメのオオダルで」

すると皆、ああ、わかった、そうしよう、オオダルにしよう、おい、オオダルだぞ、みんなすぐ移動しろといったふうに話がまとまる。

それがわからないのだ。

いったい、そのオオダルというのはなんのことだ。そしてなにより不可解なのは、それだけで皆がわかるという事態である。あとになって知ったが、それは「大樽」という名前の居酒屋だった。私は酒をまったく飲まないので居酒屋事情には疎い。「大樽」と説明されても場所もわからないし、どんな店かもまったく理解できない。

だが、問題は私が知らないことではない。

なぜかあたりまえのことのように、「じゃあ、ナカメのオオダルで」ですぐ理解した者らのことだ。ご存じなのである。知らないことのほうが罪悪のような気にさせられる。

「ご存じの大樽」

最初の言葉の「ナカメ」は中目黒のことだった。たしかに少し歩けば代官山から中目黒は近い。「ナカメのオオダル」でいいのだ。その筋の人にはそれで充分なのだし、川勝さんもそうだったのだろう。知らない私がいけない。だから私は知っているふりをするしかなかった。

「ああ、オオダル、あの、ナカメの、ええ、わかりました、ナカメのオオダルで、このあとすぐ」

わからないんだよ。

それで私は、ただ茫然とするしかなかった。

聴いたこともないような声

知人のマンションの部屋にお邪魔したときのことだ。

その家には猫がいる。まだ午後の三時ぐらいで、外は明るい。知人が珈琲を入れてくれるというので居間で待っていた。居間には大きな窓があり、そこからベランダに出られるようだった。知人がそうなのか、それとも奥さんがそうなのか知らないが、ベランダには植物の鉢がいくつもあって、植物を育てるのが好きなのがうかがえた。そのとき、ふらっと居間に現れた猫は、見知らぬ私を警戒するでもなく、窓の外、ベランダをじっと睨《にら》むと、動きを止めた。

しばらく身動きしない。

ベランダになにかいる。スズメだ。二羽いる。ベランダに植物の種が落ちており、それをついばみに来ているようだ。ゆっくりと猫が動き出した。しばらくスズメの動きを見ている。それからさっとベランダに飛び出すと、スズメに飛びかかった。

短い声を上げて、一羽は飛び去った。

もう一羽も素早く飛び上がると、すぐに逃げることをせず、ベランダの手摺《てすり》に止まって猫を威嚇する。

「ピキー、ピキピキピキ、ピキー」

そんな声のスズメなど、見たことがなかった。

私も驚いたが、猫もその声の迫力に気圧され、身を固める。

「ピキー、ピキピキピキ、ピキー、クワィェー」

聴いたこともないような声だ。スズメである。ベランダの手摺から猫を威嚇している。とんでもないものを見てしまった。いわばそれは、スズメの暗黒面である。

穏やかだと思っていた人がいきなり怒声を上げるような、丁寧な対応のタクシーの運転手さんが、下手な運転をするクルマに向かって窓を開け、「危ねえじゃねえか、どこ見て走ってんだ」と叫ぶような、あの暗黒面だ。それを知人の家のベランダで見るとは思わなかった。

知人が珈琲を入れて戻って来た。「お待たせ」とカップをテーブルに置く。私はまだ茫然としたまま窓の外を見ていた。スズメの恐ろしさになにも考えられなくなっていた。

あるあるですね

よく人は、「それ、あるあるですね」と口にする。

おそらく「笑い」の形式の一つだろう。生まれたのはかなり過去だった記憶があるが、はっきりした時期はわからない。いまでは多くの人に知られている。といっても、「あるある」という概念が生まれる前から、おそらく人は誰でも、漠然とそのような笑いがあるのを知っていたのだ。それをある日どこかの誰かが、「あるあるだね」と言葉にした。言葉にすることによって、モノは形式になる。

こうも言える。

名前が与えられてはじめてモノは姿を現す。

先日、なにかと、「それ、あるあるですね」と言う人がいて、「あるある」の笑いではなく、「あるあるを口にする人」が面白くてたまらなくなってしまったのだった。「あるある」の笑いと言えば、「夏休みあるある」というように、設定されたテーマのなかで友人同士で言い合い楽しむのだろう。学校に通っていた多くの者が経験したことがある夏休みの、そこで誰もが経験し、共感できるような、かといって当たり前過ぎず、ごく細部の、つい見逃してしまいがちなところを発見するのが「あるある」の醍醐味だ。

うまいたとえとは思わないが、「夏休みあるある」には次のようなものがあると想像する。

「お盆に郷里に帰ると親戚の家の匂いがなんか変」

そんなふうに口にすると、周囲が「あるある」と呼応する。さらに、「始業式、みんな日焼けして真っ黒なのに、一人白いやつがいる」というのはどうだ。どうだと言われても困ると思うが、なにがあったかわからなくて好奇心をそそる。夏だ。夏なのに白い。一人だけ白い。だが、きっと「あるある」だ。だとしたら、「始業式も、次の日も、その次の日も来ないやつ」も「あるある」である。怖くて教師に理由を質問することさえできない。

なにがあったのか気になる。なにかいやな気持ちにさせられる。

とはいっても、私はここで、「あるある」という形式の面白さを書こうとしているのではないのだ。そんなもの面白いものか。ましてて、「夏休みあるある」を幾つも考えようと思っているのではない。油断して隙をあたえると、「それ、あるあるですね」と口にする者を笑いたいのだ。なにかと話をまとめようとする者がうっとうしいというか、「あるある」でまとめてんじゃねえ、と言いたいのだ。

ではどうやって対抗すればいいのか。

相手がなにを言っても、逆に、「それ、あるあるですね」と返事をすればいい。仕事中、上司がなにげなく口にする。

「もう九月だけど暑いな」

すかさず答える。

「それ、あるあるですよね」

あたりまえじゃないか。九月は残暑だと決まっている。「あるある」は、たしかに「あるある」だが、「あるある」と口に出して言うほどのものではない事柄がある。そして、そんなことにまで「あるある」を使ったとき、そこに生起するのは空虚である。なにも出現しない。からっぽだ。運動性がない。衝突もない。上司との関係になんの変化も生まれない。

朝、出社してきた上司が言う。

「眠い」

「それ、あるあるですね」

「……まあな」少し戸惑った表情で上司はそう答える。それからすぐに、「さて、仕事するか」と言った。

そこで言葉を重ねる。

「それ、あるあるですね」

会社なんだから仕事するのは、拭いようもなく、「あるある」だ。こうして、あたりまえのことに、「あるある」を使うと空虚になることはすでに書いたが、ここにはきわめて高い価値があると私は考える。だが、それだけではまだ考えが足りない。たとえば、クルマで走っていたらパトカーに止められ職務質問されたとしよう。

「はい、免許証、見せて」と若い警察官は言うのだ。

「それ、あるあるですね」

私はきっぱり答えたい。

なにがなんだかわからない状況が出現するのである。

ハンバーガーショップで注文するときも同じだ。

「いらっしゃいませ。メニューからお選びください」

「それ、あるあるだよね」

若い女性の店員、おそらくアルバイトで働いているのだろう大学生とおぼしき彼女は、なにを言われたのかわからず、聞き返すかもしれない。

「あるあるですか？」と彼女は言った。

「あるあるです」と私は答えた。

少し沈黙があったあと、彼女は振り返って厨房のほうに向かい声をかけるかもしれないのだ。

「あるあるです」

いま厨房が、なんだかわからない空気に包まれた。

こうして、「唐突なあるある」には思った以上の破壊力がある。だから、けっして空港では使ってはいけない。金属探知機を通過しようとしたら音がした。

「なにか金属とか、ポケットに入ってますか？」

「それ、あるあるですね」

「入ってるんですか？」

「ああ、やっぱりあるあるだ」

係官はまったくなんのことだか理解ができず混乱する。そして、あなたはけっして飛行機に乗せてもらえないだろう。

これ、あるあるだよね。

オリンピック

東京でオリンピックが開催される。

まあ、やりたいなら、やればいいと思う。

すごいアスリートたちが東京にやってくるのだろうな。陸上百メートルで驚くような数字の世界新記録がこの大会で出るかも知れないし、私も柔道やサッカーに興味がある。けれど、気がかりなことがひとつあるのだ。ごくなんでもないことだ。取るに足らない気持ちだ。人に話せば一笑にふされるようなことだ。

「重いものを持ち上げる人をあまり見たくない」

なぜなら、重いものを持ち上げるって、いったいなんだろうと感じているからだ。だってそうじゃないか。重いものだよ、それを持ち上げるんだよ。すごい表情だ。とんでもない筋肉だ。そして、鍛えたそのからだでするのは、「重いものを持ち上げる」だ。持ち上げた瞬間の表情がすごい。いまにも、からだ全体が破裂せんばかりの勢いだ。そんなに必死になって、「重いものを持ち上げ」なにがしたいのだ。

まあ、重いものを持ち上げたいのだろうが。

粋なファミレスの店員

深夜、仕事をしているとき少し空腹を感じたが、コンビニでなにか買って食べるのも侘《わび》しいし、とはいっても深夜だ。ほかに行く場所がなくて、クルマを走らせ少し遠くにあるファミリーレストランに行った。

席に着くと、ウェイトレスがメニューを持ってきてくれるが、私はこういうとき、すぐに注文する。メニューをぱっと見てすぐ決める。ファミレスのメニューに時間をかけて見るなどもってのほかだ。さっと決めろと言いたい。ところが、近くにいたまだ若いカップルがなかなかメニューを決めないので、それがどうもいらいらする。なにしろ私より先に店に入っていたはずなのだ。メニューを見ながら女は笑う。男がなにか言う。また女が笑う。メニューのなにが面白いんだ。

意見をしなくてはいけないのではないか。すっと立ちあがり、そしてカップルに向かって言う。

「ここはファミレスだ、さっさと決めろ」

だが、できなかった。

すると、ウェイトレスがその席を気にしている。まだ、決めないのかしらといった表情だ。やはり私が出て行くべきなのだろうか。「さっさと決めろ」と言うべきなのだろうか。義憤にかられていたのだ。

すると、この深夜の時間帯を仕切っているのだろう、少し年長の男の店員がやって来ると、まっすぐカップルの席に行き、ファミレスなどで注文を受けるときの、例の、端末のようなものを開く。そして落ちついた声で、「ご注文はお決まりですか」と言った。カップルはまだ笑っている。「もう少し待ってください」と男が言った。

店員は、例の、端末のようなものをぱたっと閉じた。そして言ったのだ。

「二十四時間営業ですので、ゆっくりお考えください」

なんだその粋な台詞は。

ここはテキサスのバーかよ。いや、テキサスのバーのことなどまったく知らないが、なぜかいかした台詞を店員は言ったのだ。カップルはまだ笑っている。店員はいかしている。

私は無性に腹立たしくなって、テーブルをひっくり返そうかと思ったが、作り付けのテーブルは動かなかった。

もの悲しさについて

数年前のことだったが、都電荒川線に乗って「あらかわ遊園」に行った。かつて東京にも、いくつか遊園地はあったと思うが、たとえば向ヶ丘遊園のように近年になって廃園したところが大半だろう。あらかわ遊園はがんばっている。とはいっても派手さはなにもない。ほそぼそと経営している。行くのがたいてい平日だからか人の姿はまばらだ。

観覧車がある。わりと小さい。ジェットコースターまがいの乗り物がある。ゆっくり動く。お猿の電車のような乗り物もある。猿はいない。

なにもかも、もの悲しいが、それでも私は無類の観覧車好きだ。最近になって作られる観覧車のように、派手なイルミネーションがあったり巨大であったりしなくていい。少し高い場所から、文字通り「観覧」できればそれでいい。ささやかな楽しみでいいんだ。ましてあらかわ遊園である。荒川区にある。ここは、お台場とか、横浜みなとみらいではないのだ。巨大な観覧車はいらない。まして、ディズニーランドのようなものを人は求めていないのである。

平日の午後だった。

もう午後も遅く、閉門が近づいている時間だった。まだ小学校低学年の子どもと、その父親とおぼしき中年の男がいた。男は休日の父親というにはかけ離れた洒落た身なりだ。歳もそれほど若くない。髪は長めで、サングラスでもかければちょっとした業界人のようだ。親子にしてはなにかわけありだった。けれど、子どもは無邪気に遊ぶ。銃のような水鉄砲で遊ぶコーナーがある。水を飛ばして、出てくる怪獣を倒すというゲームらしい。子どもは遊ぶ。男は黙ってそばで見ている。

もの悲しい。

なにかわけがあるのではないかと心配させる。

だが、これもみな、あらかわ遊園のせいだ。忙しい父親が、子どもとの時間を作りたくて、ただ遊びに来ただけかもしれないではないか。それでも私はもの悲しい気持ちになってその場を離れた。

すでに書いたように、お猿の電車のようなものがある。猿はいなくても、小さなサイズの軌道があり、走る電車もとてもかわいい。一周したとしても、ほんの五分ほどで終わってしまう。それが、あらかわ遊園の醍醐味だ。なにをとっても規模は小さく、ささやかだ。ささやかなかに、ささやかだからこその楽しみがある。

たまたま軌道の近くに私はいた。

音がする。電車が近づいて来るのがわかる。何気なくそれを待っていた。電車が来た。そして驚くべき光景がそこにあった。

先頭車両に、あの親子がいた。

いや、親子のように見えるだけで、親子だとは断定できないが、ともあれ、中年の男と無邪気な子どもだ。小さな車両にちょこんと座っている。

もの悲しい。

もう日が落ちようとしている時間だ。こぢんまりとした、侘しい遊園地にふさわしい電車に、親子のように見える男と子どもが乗っているのだ。こんなにもの悲しい光景があるだろうか。見たくないものを見た気がして、私は急いでその場を離れた。それで当初からの目的だった観覧車に乗ることにした。あらかわ遊園でなにが楽しいといって、観覧車ほど魅力的なものはない。

観覧車は回る。

どんどん回りながら上昇してゆく。景色が見える。すぐ下を荒川が流れている。遠くには工場の煙突も見える。高速道路も見える。そのとき、ふと地上を見た。あらかわ遊園を上から見た。

あの親子らしき二人がいた。

もの悲しい。侘しい観覧車である。規模の小さな遊園地だ。荒川区だ。近くには都電荒川線が走っている。なにもかも、もの悲しさを掻き立てる要素に溢れている。そして、上からあの親子らしき二人を見たのだ。親子だと思っているが、ほんとうにそうだろうか。なにか事情があるのではないか。もしかしたら、その子どもは、男が正妻とはべつの女に産ませた子どもで、何ヶ月かに一度だけ、父親らしく一緒にこうして、あらかわ遊園に遊びに来たのではないか。いったいそこにどんな事情があるのだ。ただの親子にはどうしたって見えない。

だいたい、平日のこんな時間に、なぜあらかわ遊園に来ているのだ。おかしいじゃないか。

いや、おかしいのは私も同じだった。

平日の午後も遅い時間だ。なぜあらかわ遊園にいるのか、自分でもよくわからない。気が向いて都電に乗った。自然にあらかわ遊園に足が向いた。人から見られていることなど、あまり意識したことがないが、親子らしきあの二人を見ているうち、そのもの悲しさのなかに、己の姿を投影していたのだ。私はどう見えているのか。

あらかわ遊園に、こんな平日の、こんな時間に遊びに来ている男だ。もの悲しい。そう考えていると、なにもかもがもの悲しく見えてくる。あらかわ遊園のエントランスには、どこの遊園地や動物園にもあるようなチケット売り場があり、もぎりの女性がいる。もの悲しい。売店もある。メリーゴーランドもある。高い場所にモノレールのような軌道があってそれに沿って動く奇妙な乗り物もある。なにもかもがもの悲しい。

それこそが、あらかわ遊園だ。

なにもかも、もの悲しく見せるのがあらかわ遊園だ。一度、あなたも行ってみるといい。自動販売機も、植樹された木々も、なにもかもがもの悲しく感じる。そして、あなた自身ももの悲しい存在になる。

つば九郎の入り時間を知りたい

演劇などでは、俳優が劇場に来るのを「入《い》り時間」と表現するが、どんな世界でも同じなのだろうか。

だとしたら、つば九郎の入り時間を知りたい。

東京ヤクルトスワローズは、よく知られているようにプロ野球の一球団だ。そのマスコットに人気者のつば九郎がいる。かわいい仕草もするが、どこかいたずら者というキャラクターが愛されている。ときどき乱暴で、他球団のマスコットを足蹴《あしげ》にすることもある。デーゲームでなければ試合はたいてい夕方の六時からだ。選手は四時間ほど前に球場入りしてストレッチや練習を始めるという。つば九郎はそんなに早く球場入りする必要はないだろう。

では、つば九郎は何時に球場入りするのか。

つば九郎の入り時間が知りたい。

意味もなく頼まれてもいないレポートを書く

ヘンリー・ダーガーのことを考えていた。

日本でも多くの作品が紹介されたこともあって、知っている人も多いと思うが、アウトサイダー・アートを代表する画家である。アウトサイダー・アートとは、正式な絵画の教育や訓練を経てこなかった者による美術作品などを表現した言葉だが、ダーガーは、まったく発表するつもりのない、誰かに見せるつもりすらない大量の作品を遺したが、その生涯の大半を病院の掃除人として従事していた。身寄りもなかった。孤独なまま亡くなられた。死後、ダーガーの住居からその作品が発見されたことで一躍、注目された。

その情熱の正体がなにか私にはよくわからない。

絵を描くことがダーガーにとって心の安寧につながっていたのではないか。絵を描くことによって精神が安定していたとも想像できる。

だったら私はレポートを書こう。

いったいなにを言い出したかと思うかも知れないが、誰に頼まれたわけでもないのに、なにかのレポートを書きたいと考えたのだ。たとえばそれは次のようなものがいいと思う。

「新宿駅南口でどれだけの人がＳｕｉｃａが不調で駅員に相談しているか」

それを毎日やる。とはいえ、朝からずっとやっているのは不可能である。ほかの仕事ができないから時間が空いたときを見つけて調査し、レポートとしてまとめよう。

「十一月十三日午後三時から午後八時まで、二十三人」

だが、そんなことだったら駅員が把握しているかもしれない。レポートにはならない。ではどうするか。相談に来る人のタイプとその態度を調べる。

「三十代女性、困ったわ、困ったわ、早くしないと遅れちゃうのよと繰り返し、はい、いますぐ処理しますのでお待ちくださいと応じる駅員だが、困ったわ、困ったわと繰り返してさらに駅員を困らせたあげく、不意に、うどんが食べたいと言った」

そんなレポートだ。

人生がある。ＮＨＫの「ドキュメント72時間」のようなレポートである。それが私の精神を安定させてくれるだろうか。困っているさなか、不意に、「うどんが食べたい」という三十代の女性をレポートすることで私は心の安寧を保つことができるだろうか。むしろ、掻き乱されるのではないか。なにしろ、急にうどんが食べたくなった女がいるのだ。よくわからないじゃないか。だが、現実はもっと過酷だ。やはり困っている人がいる。Ｓｕｉｃａの調子が悪くて駅員に相談する。駅員もこうした事態には慣れているので、丁寧な調子で応答する。専用の装置でＳｕｉｃａを確認して言うのだ。

「大丈夫ですよお、いまこれ、直しますからねえ、少し待ってくださいね、あー、これはあれかなあ、うどんが食いたい」

誰だって、うどんは食べたいのだ。

新宿駅にはドラマがあり、レポートはぎっしりドラマに埋まる。だが私は、意味もなく頼まれてもいないレポートを書いてみたい。頼まれてもいないのにやる。それが人生だ。

「どこかで聞いた言葉２０１５」

かつて、すれ違いざまに耳に残った言葉のことを書いたことがある。たとえば、向こうから男女が歩いて来るのだ。すれ違う。そして女が口にした一言だけが耳に残る。女が男に、「先生、お忙しいんでしょ」と言った。そのあとどんな会話がなされたかわからない。二人は行ってしまった。なんとも言えないもどかしさだけが残る。どういった事情なのか意味がわからない。なんの先生なのか。なにが忙しいのか。しかもこの丁寧な言葉づかいはなにか。

そしていま私はやはり耳に残っている言葉に悩まされている。どこで耳にした言葉かまったく忘れてしまった。けれど、どうにも心に残って離れない。映画の台詞だったかもしれないし、演劇の舞台で発せられたのかもしれない。やはり街で通りすがりに耳にした言葉だったのだろうか。

男が言ったのだ。声だけが耳に残った。

「若いきみが電線切るなんて」

なにもかもわからない言葉である。

なぜ、「若い」と電線を切ってはいけないというのだ。たとえばそれが鉄道に関係する言葉だったとしたら、たしかに電線を切ったら大変なことになる。なにしろ電車が停まるだろう。事故につながる恐れもある。大事件だ。だが、落ち着いた様子で、けれど念を押すように男は口にしていた。なにか意味がありそうだ。そして繰り返すようだが、「若い」とはなんだろう。もし鉄道関係の電線だったら、若いか中年か、年配かなんて関係ないじゃないか。だが、「若いきみ」が大事だったのだ。

もしかするとその世界では、中年以上の者はだいたい電線を切っているのだ。若くなければ切ってもかまわない。

どんな世界だ。

つい電線という言葉から「鉄道」を想像し、あまりに偏っているので考え方を変えると、これが精密機器だったら話はまたべつだ。なにしろ、ある年齢を過ぎると人はたいてい老眼になる。近いものが見えない。小さなものを見るのに苦労する。私は本を読むのが仕事の一部だが、そのことでどれだけ職業的な危機を感じたかしれない。いまでは自分の視力に合わせた眼鏡を価格が高くても手に入れることができて困らなくなったが、経験した者でなければ、あの困難はわからない。たとえば、広辞苑なんかもってのほかだ。なぜあれはあんなに小さな文字なのだ。あるスペースに大量の言葉とその意味や用法を収めようとしてああなったとはいえ、小さいんだよ。あるいは小型版の聖書はもってのほかだ。驚くほど文字が小さい。古い文庫本を古書店で手に入れて読もうと思うと、これがまた文字が小さい。

だから、精密機器の修理で、老眼の技術者はつい間違えて、ごく細い電線を切るのは、しばしば発生する常識かもしれない。ところがそんなことに無縁の若者が切ってしまった。つい間違えて、切ってはいけない電線に、鋏《はさみ》とか、カッターを入れた。

「若いきみが電線切るなんて」

そんなに深刻なのかよ。だったら、もうそんな電線はやめてしまえ。「若いきみ」でさえ切る恐れがある電線なんか存在すること自体がだめじゃないか。

だが、また一方で、これはフィジカルな問題ではないとも考えられる。

つまり精神論だ。なにかの比喩かもしれない。電線というのは取引先とのつながりのことを示す言葉だったとしたらどうだろう。だとしたら、とんでもないことを「若いきみ」はやらかしたのではないか。

「取引先の男の頭をなでる」

なぜそんなことをしたかわからないが、「若いきみ」はやってしまった。頭をなでた。

しかも取引先の男の髪は薄い。

なでたかったんだ。なでてみたかった。だが、交渉は決裂だ。いい大人が頭をなでられて怒らないわけがないじゃないか。取引先を失ってしまった。そして、上司である男は、

「若いきみが電線切るなんて」と口にすることになったが、そこにしんみりとした味わいがある。ドラマがある。なぜなら、上司もまた、かつて「取引先の男の頭をなでる」ことをしたからだ。だが、そのとき上司はもう若くはなかった。相手とは同等の立場で話し合っていたが、つい、その頭に心が惹かれた。なでたかった。どんな触り心地か知りたかった。抑えていたがだめだった。上司はつい取引先の男の頭をなでた。

話は決裂だ。

電線は切れた。だが、ある年齢に達した者ならわかると上司は思った。ある年齢に達すると取引先の男の頭をなでたくなるのだ。だから上司は、まだ若い部下に言う。

「若いきみが電線切るなんて」

どんな世界だ。

人はカレーに帰る

学生のころ、金がないからと、どれだけ学食のカレーを食べたかわからない。もっと遡れば、私が通っていた高校は給食制になっており、しかも大きな食堂に行き、いくつかのメニューのなかから選ぶことができた。ラーメンもあったかもしれない。普通の定食もあったと記憶する。

だが、一番の人気はカレーだ。

その後、仕事をはじめ、多少、経済的に余裕ができると、学食のカレーの味を忘れる。もっと美味しいものを知ってしまうからだ。焼肉屋に行く。寿司を食べる。ステーキを食べる。うな重を食べる。スペイン料理店でイベリコ豚を食べ、フランス料理店に行く。それを人は舌が肥えると表現するだろう。

食には際限がない。舌はどんどん贅沢になる。

だが、人はカレーに帰るのだ。

あの味が忘れられない。私を作ってくれたのは、あの学食のカレーだ。人はカレーに帰る。なぜなら、私のからだの何割かは、カレーでできているからだ。

精神安定剤

知人に精神安定剤を常用している者がおり、その話を聞くたびに私は疑問を持つのだ。

「なにを安定させるのだ」

もちろん、そんなふうに質問すれば知人は、「精神だよ」と当たり前の返事をするだろうが、「精神」と言われても、そんな目に見えないものを安定されても困ると、さらに私は思う。とはいえ、知人の苦しみはわかっているつもりだ。精神的な病もまた、たとえば風邪を引いたときのように、薬で治せるのならそれにこしたことはない。だが、なにを安定させるのだと私はやはり言いたい。

「水道」

つまりインフラということになるが、水道が不安定だとたいへん困る。安心して水が飲めない。そこで「精神安定剤」を飲む。すると、不思議なことに水道が安定するのだ。ほんとうなのか。

いやちがう。そんなものではない。

「経済」

そりゃあ安定させたいよ。かつてバブル経済という時代があったが、べつにすごくよくならなくてもいい。どん底に落ちるのもだめだ。つまり、大きく変動しなくていい。よかったり悪かったりより、安定だ。経済は安定がなによりだ。

だからこその、「精神安定剤」だ。

必要もないのに微妙な作業をする

このところ家の近くで、建物の解体工事や、水道管の工事が相次いでおり、コンクリートの壁を倒す作業や、地面の掘削《くっさく》のたびに私が住んでいる建物も小さく揺れる。

私は思った。

こんなときだからこそ、微妙な作業をするべきではないだろうか。それはたとえば次のようなことだ。

「トランプを三角形に積み上げてゆく、例のあれ」

これだけの説明でわかってもらえないと困るのだが、わからない人のために説明すると次のようなことになる。よく、トランプとトランプを両側から立て掛け、二枚のカードで支え合って山のようなものを作る。あれのことだ。さらにその山のようなものを綺麗に横に並べてゆく。さらにその上にカードを敷き、床を作ると、また同じようにカードを並べる。次第に、それ全体が山のような形になる。絶妙なバランスと、細心の注意、そして集中力が必要だ。

けれど、外では工事をしているのだ。

家が揺れる。

細心の注意を払って、二枚のトランプを立て掛け、お互いに支え合って山のようなものを作っているのだ。ちょっとした揺れでも崩れてしまう。外で工事をしているときにそんな微妙な作業ができるわけがないじゃないか。だが、私はやりたい。外で工事が進み、あたりの建物がその影響で揺れているときこそ、細心の注意を必要とし、集中力を試される微妙な作業をしたいのだ。

きっとトランプの山はすぐ崩れる。

構うものか。また一からやり直しだ。工事は夕方の五時ぐらいには終わるだろう。だったら微妙なバランスで作るトランプの山は、工事が終わってから作ればいいと人は言うにちがいない。そんなことになんの面白みがあるというのだ。揺れているときこそのトランプだ。

さらにもっと困難なことに人は挑戦したくなる。意味もなく微妙な作業をしたいのだ。

「床に十円玉を立てて等間隔に並べてゆく」

まず、これがきわめて難しいのは、そもそも十円玉が立つかどうかである。もちろん十円玉だから円形である。それを立たせる。もうすでに細心の注意が必要だが、外では工事が続いている。揺れるんだよ。たとえ微妙な作業がうまくいって十円玉が立ったとしても、すぐに倒れるかもしれない。だが、私はやりたいのだ。十円玉を立たせたい。繰り返すようだが、「なにもこんなときにやらなくてもいいじゃないか」と言われたとしても、もう遅い。私はやる。十円玉を立たせる。建物が揺れる。すぐに倒れる。また私は十円玉を立たせようとする。立った。建物が揺れる。すぐ倒れる。

そんなとき工事の音がぴたっと止《や》む。

まだ午後三時ぐらいで、工事が終わったとは思えない時間だ。休憩なのだろうか。三時のお茶の時間なのかもしれない。私の住んでいる建物もぴたっと揺れが収まり、あたりはしんと静まる。遠くで子どもの声がする。幹線道路を走るクルマの音がかすかに響く。

並べてみよう。十円玉を立たせよう。

そんなに簡単にはいかない。慎重な手つきだ。細心の注意と集中力だ。立った。では等間隔に十円玉を並べよう。二枚並んだ。さらに三枚、四枚、五枚と微妙な作業は続く。このぶんなら百枚はいくのではないか。

そのとき工事が再開された。

休憩が終わったのだろうか。建物が揺れる。十円玉が倒れる。また一からやり直しだ。なぜこんなときに、十円玉を立てようと思ったのだろう。しかもそれを等間隔に並べてゆくなどと大胆なことをしようとしたのか。やりたかったんだ。私は挑戦したかった。外では解体工事が進む。水道管の工事も続く。私の住んでいる建物も小さく揺れる。

私はやりたかった。微妙な作業だ。

「瓶のなかに船を作る」

なぜ、そんなことをいまやろうとするのか。だいたい、船になんか興味ないよ。だけどやりたい。なにかあれは、微妙な作業にちがいないからだ。「瓶のなかに船を作る」ということの言葉の響きがいい。完成したらすごいだろうな。丹念に、瓶の細い口から、ピンセットかなにかで部品を入れ、そしてなかで組み立てるのだ。素晴らしい作業だ。しかも工事は続いているのだ。

建物は揺れる。

こんなときこそ、意味もなく微妙な作業がしたいのだ。瓶のなかに船を作るのだ。

米軍放出品

あれは、七〇年代だったと思う。国道十六号線沿いに、米軍放出品の家具屋があって、日本製にはない、いわば「アメリカンなデザイン」が人を魅了した。アメリカ映画への憧れもあったのかもしれない。映画のなかに描かれるアメリカ人の生活がかっこいいと感じていたのではないか。

ほかに、衣類の放出品もあった。ジッポーというライターもはじめは米軍の放出品だったにちがいない。なんでもあった気がする。なんでも「アメリカン」ならかっこよかった。それはたとえば、映画『イージー・ライダー』の世界だ。主人公はキャプテン・アメリカだ。ピーター・フォンダが演じていた。かっこよかった。

最近は「米軍放出品」という言葉自体をあまり聞かない。

それというのも、べつに米軍が放出したものを手にするより、ずっといいものがほかにあるからだろう。日本はそれだけ豊かになった。いわゆる「アメリカンなもの」にそれほど魅力を感じなくなったのだ。

けれど、私のような世代にとって「米軍放出品」という言葉はいまだにどこか惹《ひ》かれるものがある。もちろん、政治的な意味ではそれを否定したいと思うが、どこか、感情の深い部分を刺激するなにかがある。

つまりそれが、「米軍放出品」だ。

だから米軍が放出したものならなんでもいいと思う。

「米軍放出品の『国木田独歩全集』」

なぜそんなものが放出されたかまったくわからない。しかも、たったいま、ぱっと思い浮かんだから書いただけで、そんな放出品など見たことはない。とはいっても、きわめて魅力的だ。普通に書店で売っている『国木田独歩全集』もいいはずだが、米軍が放出した『国木田独歩全集』の魅力には抗《あらが》いがたいものがある。

「米軍放出品の、なにに使ったらいいかよくわからないもの」

使い道さえないのだ。なにに使ったらいいかわからないものを買ってもしょうがないじゃないか。けれど魅力的だ。なぜなら、「米軍放出品」だからだ。それはおそらく、くしやくしゃっとなっていて、黒ずんで汚れており、なぜかとても重みがあって、形も変だし、そもそも大きいので、家にあったらひどく邪魔だ。なんに使うのだ。わからない。わからないが、「米軍放出品の、なにに使ったらいいかよくわからないもの」の魅力にはやはり抗いがたい。

つまりばかである。そんなものに魅力を感じることはばかとしか言いようがない。だから私たちは、それに抗おうと戦後を生きてきた。けれどまだ、「米軍放出品の、なにに使ったらいいかよくわからないもの」は沖縄を中心に存在する。

ほんとうに、なにに使ったらいいかわからない。

Ⅱ

私的シティ・ポップ論

自粛への直感的な違和感

もう三十年も過去になる。ある人物の死が全国民に伝えられた。その日の午前中、目を覚まして珈琲を飲みながらＦＭラジオ（ＮＨＫ）を聞いていたがずっとクラシック音楽が流れている。おかしいとは思いつつ、そんな日もあるかも知れないと考え新聞を開いて珈琲を飲み、そして音楽を聞いた。ちょうど松もあけた一月七日のことだ。しばらく音楽を聴いていると、ぷつっとそれが途切れ、厳粛な声のアナウンサーが天皇の死を告げるニュースを、いやニュースというより国民への報せのような重々しさで語りだし、テレビも、ニュースを見ていなかった私はなにも知らず、衝撃を受けるというより出来事によってなにか私たちの生活に変化が起こることを予感した。知人に電話したところ、ご家族の方が出られた。いらっしゃいますかと質問すると、友人はいま街を見に行っている、とのことだった。さすがだな。どんなことにも自身の五感を働かせ思考する。

テレビニュースをはじめメディアからの情報だけではなく、こんな日、街で人はどうしているのか、街の様子はどうなのか、自身の目でしっかり見ておこうと思ったのだろう。そういう人だ。いまも世界中を飛び回り国境なき医師団の活動を追いかけている。

よく見えない抑圧の中、街を見に行く。

新型コロナウイルスの蔓延によって東京をはじめとする大都市を中心に「緊急事態宣言」が発出されたのは二〇二〇年の四月七日だ。その後も全国の各自治体にその動きは拡がる。それから何度か私も車で都内を走った。地方を見に行くことができればいいが、たとえばかなり遠くまで行き――いわばフィールドワークといっていい行為だが、それはあの日、「街を見に行っている」知人のひそみにならい、はじめて聞く緊急事態宣言下に置かれたこの国がどうなってゆくのか見ておかなければいけないと思った（しかし、緊急事態宣言のなかフィールドワークと称した者がのこのこやってきてことによったらウイルスを撒き散らすかもしれないとしたら迷惑に違いない）。

なかでもあれはいつになるのか、黒岩県知事が神奈川には来ないでくれと異例の発言をした翌日、やはり街を見ておかなければと郊外へ、都内の西の端（たとえば町田市などいくつか）に行った。しかし都内から町田へ自分の運転する車で行くにはどうしても一部、神奈川に入らなければならない。品川ナンバーの車が走っていたら非難されるのではないか。もっというなら警察に止められるのではないか。いや、私はちがうんだ。黒岩知事を怒らせたのは、観光で湘南の海に遊びに行く者らの無軌道ぶり、つまり三密に背いてたむろする者らとはちがうし、ゴミを海岸に置き去りにするわけではない。後ろめたさを感じる必要など一切ないものの、緊急事態宣言以降、そのような行為を躊躇させる気分に社会が支配された印象がある。よく見えない抑圧だ。ことさらクラブやパチンコ店が槍玉にあげられ、緊急事態宣言が出ても営業を続けている店の名前を発表するという。そしてニュースはまだ営業を続けるパチンコ屋の開店に並ぶ者らの姿を映し出す。

にぎわいが消えた街と舞台の中止。

銀座では、デパートをはじめ多くの店が臨時休業し、いつものにぎわいはまったくなかった。金曜日の夜なら人で溢れる新宿もそうだ。渋谷も同じようにスクランブル交差点近くに人の姿はまばらで、暇そうに客を待つタクシーが並んでいた。またべつの日に浅草に行ってみた。海外からの観光客（その大半は中国から来ていたが）の姿はいっさいなく、東京スカイツリーができてからのにぎやかさは消え、過去のような、寂れていた時代のような浅草を思い出させた。

三十年前のあのとき、私はどこにも行かず家でやはりラジオを流し、音楽のあいまにニュースを聴いていた。たしかにあのときとは事情が異なる。いま起こっているのは「COVID－19」という世界的に猛威をふるう新型ウイルスの蔓延だ。街の気配も異なるにちがいない。

「三密」を避けるよう要請され、感染しないよう、まず手洗いの奨励、さらにマスクをつけるよう促されたが、市販のマスクは店頭から見事に消えた。小中高校をはじめ、大学も授業開始の時期をずらし、それからオンラインによる授業や講義がはじまった。スポーツがはじまる時期にプロ野球は無観客試合のオープン戦が開催され、サッカーにいたってはリーグ戦の開始のめどがつかない。アマチュアスポーツも例外ではない。

そして東京オリンピックは延期された。

早い時期からいくつもの劇場が閉鎖され上演を間近に控えた舞台が中止せざるをえない状況になったのもよく知られている。私も無縁ではない。四月の後半、私の戯曲の公演を企画してくれたある演出家から連絡があり、七月に上演すると告知されていた舞台を、熟慮の結果、やはり中止せざるをえないと謝罪する連絡があった。謝罪する必要はない。一年前に企画され、準備に時間をかけ、俳優のオーディションもあったのを考えれば、作品に関わる予定だった俳優、スタッフの方たちが、突然、仕事を失うほうがずっと深刻だ。

「演劇」のフィールドからはっきり声を発する。

話が前後するが、野田秀樹が意見書を公にしたのは、三月一日だ。その一部を引用する。

「演劇は観客がいて初めて成り立つ芸術です。スポーツイベントのように無観客で成り立つわけではありません。ひとたび劇場を閉鎖した場合、再開が困難になるおそれがあり、それは『演劇の死』を意味しかねません。」（朝日新聞デジタル版 https://www.asahi.com/articles/ASN3164G4N31UCVL00B.html）

この言葉、というより、意見書の全体が誤解され、演劇だけが上位にある高尚な芸術かのような発言だと批判する者が少なからずいた。そうではない。劇場閉鎖が始まってすぐの時期だということに意味がある。演劇人としての責任を感じ、いま起こっているコロナ禍のなか、ややもすると発言力が小さくなってしまう「演劇」のフィールドからはっきり声を発しようという立場でそれを言葉にしたにちがいない。

べつに無観客でも開催できるからといって「スポーツはいいじゃないか」と言っているのではない。だから平田オリザは、舞台に特化したエンターテインメント情報を発信するサイト「ステージナタリー」に次のようなコメントを寄せた。やはり野田秀樹の意見書の、「現在、この困難な状況でも懸命に上演を目指している演劇人に対して、『身勝手な芸術家たち』という風評が出回ることを危惧します」の部分に触れ、「進行する事態に対する直感的な違和感からきていたのだと思う」ときわめて先見性に充ちた言葉を書いた。

危惧されるもっと大きなものの死。

この直感的な違和感こそ、三月の初頭の時点で「あること」に気がついた者たちに共通した——そう印象を持った者は、演劇人に限らずさまざまな領域にいたと考えられる——漠然としたイメージだ。どこかおかしくなっているとしか考えられないのは、感染者の家に電話で、感染したことを非難する者が出現したことだが——つまりかつての言葉で言うなら村八分であり、またべつの言い方をすれば排除の論理だ――、野田と平田が直感したのはこうした事態だ。演劇を特別視するわけではないが、演劇というきわめて弱い表現方法に携わる者が直感したのは、自粛や依頼から、緊急事態宣言による要請という名の圧力への進展はすぐだといういやな予感であり、もっとひどい事態（＝戒厳令）がこの国を襲うと考えたのにちがいない。

弱い表現は、弱いことを逆手に取って、小さな創作の場を作ることもできる。ピーター・ブルックの『なにもない空間』の有名な冒頭の一節だ。

「ひとりの人間がなにもない空間を歩いて横切る、もうひとりの人間がそれを見つめる。演劇行為が成り立つためには、これだけで足りるはずだ」

そして、スーザン・ソンタグが『この時代に想う　テロへの眼差し』に書いた言葉は、まさにそのことではないか。ボスニア・ヘルツェゴビナ紛争に、資格を持っていたソンタグは看護師としてボランティア活動に従事したが、サラエヴォの人々から「自分たちを人間あつかいして欲しい」と訴えられた。もちろん怪我をした者らへの看護も人間としての扱いなのは間違いないが、「私たちに必要なのは文化だ」という意味でソンタグに人々は迫ったという。こうして、サラエヴォの戦火のなか、すぐその向こうで爆撃の音がする厳しい状況下において、ソンタグは、ベケットの『ゴドーを待ちながら』を演出する。立派な照明などあるはずがない。蠟燭の火を頼りに、瓦礫のなかでの、それは小さな上演となった。演劇はそのようなものではなかったか。

いま、緊急事態宣言から、憲法の改定へと突き進もうとする政府の動きや、この騒ぎのなかいくつもの法が決議される状況は、きわめて危険と考えざるをえないし、なんらかの圧力によって劇場が自粛せざるをえない状況とそれらは地続きだ。野田秀樹と平田オリザが直感していたのはこの事態の変化だ。「劇場の閉鎖は演劇の死」というのは、ひとつの喩えだ。それはもっと大きなものの死だ。

だから、なにがあっても演劇は上演されなければならない。

私的シティ・ポップ論

やはり、吉田拓郎の「結婚しようよ」から書きはじめるのがいいのではないか。一九七二年に大ヒットした。ただ、正直なことを書けば初めて聴いた高校生の私には強い抵抗感があった。なにしろ「僕の髪が肩までのびて君と同じになったら」だ。そんなこと知ったことかと言いたかった。挙句の果てに髪がのびたら「町の教会で結婚しようよ」という。

なにを言っているのだ。

「結婚しようよ」はシティ・ポップの源流か？

しかし、後年になってあらためてその楽曲を落ち着いて聴くと、というのも高校生のころ一度だけラジオで聴いてから積極的に聴こうとしなかったものの、さすがにヒット曲だけにどこかでその歌は耳にしていた、たしかにそうだったが、ほんとうは「音」のことなどなにもわかっていなかった。かなりあとになってあらためて聴くと、音の作りの厚み、繊細さと深み、あるいは彩りの鮮やかさを強く感じた。その頃はすでに音楽をジャンルで聴かなくなっていた。同じジャンルでも好きな音とそうでないものがある。「結婚しようよ」が吉田拓郎の歌だろうと、フォークソングと分類されようと、町の教会で結婚しようと、もうすぐ春がペンキを肩にお花畑の中を散歩に来ようと、どうでもよかった。あらためて音作りの背景を調べると、プロデュースと編曲を加藤和彦がつとめている。ベースは小原礼、ドラムが林立夫、オルガンは松任谷正隆だ。そして印象的に響くスライドギターはやはり加藤和彦が弾いている。

それはかつてならフォークに分類されていただろうけれど、「シティ・ポップ」はこのあたりに源流があるのではないか。もっと端的に言えば加藤和彦だ。牧村憲一は『渋谷音楽図鑑』のなかで、「都市型ポップスの源流はどこにあるか」といった意味の共著者柴那典による質問にこう答えている。

牧村　わかりやすい事例で言いますと、まずはフォークソングにメジャーセブンス（△7）というコードが入ってきたことでしょうね。小室等さんは「加藤和彦が持ってきた」と言うんですけど、諸説あります。（中略）まずは「C」と「F」と「G7」はわかった。その後にマイナーコードの存在を知った。そうやってコードの知識が広がってきたときにそれまでのスリーコードでなく、「ド・ミ・ソ・シ」という四つの音が持つ響きを知ることになる。この響きが持っていた異国感、土着的ではない格好よさに夢中になったんです。

加藤和彦の名前がここにも登場する。

清水邦夫とつかこうへい　一九七二年の分断。

さらに当時の音楽シーンについて書くことはまだあるが、一九七二年のべつの側面にも触れてみたい。演劇と街の話だ。

以前、べつの場所にも書いたが、劇作家の清水邦夫による『ぼくらが非情の大河をくだる時』は、アートシアター新宿文化で、七二年の十月に上演された。演出は蜷川幸雄だ、石橋蓮司、蟹江敬三らが出演した。そのラストで死んだ弟（蟹江）を背負った兄（石橋）は次のような台詞を叫びながら、客席を抜け、そのまま新宿の通りに出て行ったという。

「誰だ泣いているのは……風か……いや水の音だ……河だ、河が流れてる……くさい、ひでえ臭いだ……きっとくさった動物の死骸が流れてるんだ、猫やら豚やら人間やら……ああ、なんて汚辱に充ちて、華やかな混乱なんだ……」とさらに台詞は続くが、清水邦夫らしい美しい台詞だ。

けれど、蜷川幸雄は、客席の背後、壁により掛かりながら深刻な気分で舞台を観ていた。後年、蜷川は、「客席は若者たちで超満員だった。しかし初日の夜、観客席の一番後ろの壁に寄りかかって舞台をみていたぼくは、ぼくらの舞台が衰弱しているのを発見して、愕然としていた。／清水の戯曲も、蟹江や蓮司の演技も、そしてもちろんぼくの演出も、やせ細っていた。状況の衰退をそのまま反映した舞台は、異様に美しかったけれど、語る言葉も、演じる肉体も、すでに自己模倣を繰り返していた」と語った。新宿はすでに六〇年代の新宿ではなかった。いくら劇場の外に出ても、そこにかつての新宿はなかった。

その二年後、七四年の岸田國士戯曲賞（前年の初演作品が候補になる）は二つの作品が同時受賞している。清水邦夫の『ぼくらが非情の大河をくだる時』と、つかこうへいの『熱海殺人事件』だ。どんな事情があったか詳しいことはわからないが、『ぼくらが非情の大河をくだる時』の初演は七二年だ。本来なら選考の対象にならないはずだが、七三年、なぜか岸田國士戯曲賞の選考そのものがなかったからか、変則的にこの二作に賞が与えられた。ここに奇妙な交差があると思えてならない。清水邦夫とつかこうへいだ。あるいは、時代の分岐がここに出現したと考えられる。

つまり、一九七二年の分断だ。それは「結婚しようよ」がヒットしたのとあきらかに無縁ではない。

トノバンの系譜とシティ・ポップのべつの姿。

後年になって私は、加藤和彦と縁のある音楽関係の人々と仕事をする機会がしばしばあった。気がついたのは、その人のことを「トノバン」と呼ぶ者らがいることだった。そんなふうに呼ばない人もいただろう。加藤はいつまでたっても「帰ってきたヨッパライ」をヒットさせたザ・フォーク・クルセダーズ（以下、フォークルと表記）の加藤和彦だと考えている人たちだ（たとえばフォークル時代のメンバーだった北山修がそうだろう）。

トノバンは、加藤がドノバンが好きだったことからそう呼ばれていたという。私にはそれがどうも苦手だった。べつにフォークルに思い入れがあったわけではない。ある世代の人たちに特有のニックネームのセンスがだめだった（岡田眞澄はファンファンで、かまやつひろしはムッシュ、演劇界では吉田日出子がデコだ）。その一方で、いつまでも加藤をフォークルに押しこめてしまうのにも違和感があった。なにしろ、フォークルののち、サディスティック・ミカ・バンドで先鋭的な音楽を試みている。日本のロックがどこから始まったか結論は出ていないし、むしろ、そんなことをもう誰も問おうとはしないだろう。はっぴいえんどか、サディスティック・ミカ・バンドか、それとも……。しかし加藤のほかに、そこには細野晴臣の名があり、大瀧詠一、松本隆、鈴木茂、高橋幸宏、小原礼らの名前があって、のちのシティ・ポップへの系譜がはっきり刻まれている。

それにしてもトノバンだ。トノバンは安井かずみと結婚しフォークルとあきらかに距離を取った。ある人々にとって、トノバンは、トノバンだったのだろう。そこにザ・フォーク・クルセダーズの加藤とは異なる、またべつの系譜が現れる。

このトノバンの〈系譜〉こそ、というべきか、正しくはそこから生まれる〈心性〉こそが、「シティ・ポップ」のべつの姿だったにちがいない。一九八三年の秋ごろ、あるきっかけで桑原茂一と知り合い、日本で初めて誕生したクラブ「ピテカントロプス・エレクトス」に出入りし仕事をした。そこでヤン富田や立花ハジメといった人たちをはじめミュージシャンと知り合うことになるが、桑原茂一も立花ハジメもあたりまえのようにトノバンと口にしていた。あきらかにトノバン系譜の人たちだ。私は加藤和彦とまったく接触がなかったし、どこか抵抗を感じて加藤の話題になってもそう呼ぶことをしなかった。つまり私は、八〇年代になっても、ピテカンに出入りしていても、まだシティ・ポップの側にいなかったのかもしれない。

一九七五年　荒井由実の宣言。

また話を七〇年代に戻す。

一九七二年にデビューした荒井由実は、雑誌「話の特集」の七五年一月号に、「心の中の〝オーブル街〟を歩こう」というエッセイを寄稿している。のちに、ある傾向を持った日本のフォークソングを「四畳半フォーク」と名付けたのは荒井由実だとされたが、このエッセイに書かれている言葉によれば異なった表現で音楽について語っている。「自分の作った歌を、自分で歌う人達は特に、心の中に一つのユートピアを持っているはずだ。それがある人にとって、四畳半裸電球に対する郷愁かもしれないし、あるいは、過ぎ去った子供の頃の記憶かもしれない」と。そもそも「四畳半フォーク」など歴史的に考えれば世界中にたった一曲しかない。なんという曲か少し想像すればわかると思う。荒井由実のエッセイ「心の中の〝オーブル街〟を歩こう」の冒頭、中学生の頃、あるフォークソンググループの熱烈なファンだった友だちからアルバムを押し付けられたが、アルバムのタイトルも（フォークルの『紀元貳阡年』だ）、ほかにどんな歌が入っていたかもまったく記憶にないが、ただ一曲、「オーブル街」だけに興味をひかれたとある。作詞は松山猛だ。そして、作曲はまだフォークルのメンバーだった加藤和彦だ。ここで二人は繋がる。つまり、荒井由実と加藤和彦の音楽性が遠い距離で結ばれていたのを知ることができる。さらに書けば、七〇年代後半から八〇年代へ、大げさかもしれないが音楽の質が変わる節目がこのエッセイに込められていたのではないか。さらに荒井由実は書いている。

とにかく今考えているのは、〝中産階級サウンド〟を追求する立場に立とうということだ。なにせ、日本人の約九〇パーセントが、自分の家は中流家庭だと思っているというのだから。だけど、現状より少しでも良い生活をしたいと望んでいるはずなのになぜみんな、貧しいみじめなもの、それを題材にした歌に、強く反応するのだろう。

まったく新しい日本の音楽を志向することへの荒井由実（＝松任谷由実）の宣言がここ

にある。当時荒井由実はまだ、二十歳だったはずだ。

ラジオから流れる音楽と大瀧詠一との出会い。

そして、大学に入学するために東京に出てきた私は（同じ大学の三年生に荒井由実がいた）、その年、一九七五年にまたべつのアーティストのアルバムに出会った。大瀧詠一の『NIAGARA MOON』だ。それはなんのきっかけだっただろう。ラジオで「楽しい夜更し」という曲を聴いたからだった記憶がある。なかでも「真夜中のディスクジョッキー、特集はクレージーキャッツ」と歌われる部分は、その曲調の軽快さとともに、なにかからだが敏感に反応し、それというのも小学生の頃の私が（さすがに『ニッポン無責任時代』には間に合わなかったが）クレージー映画をほとんどリアルタイムで観ていたほどファンだったからだ。

さらに『NIAGARA MOON』は、ELEC盤、コロムビア盤、CBSソニー盤、さらに「30th Anniversary Edition」のアナログ盤を持っているが、なにがいいかと言えば、すべてジャケットの裏の大瀧の写真が、同じ部屋、同じネルシャツを身につけながら、すべてちがうポーズだったからだ。どこかふざけている。収録された内容も、さまざまな実験的な試みがあり、あるいはノベルティーソングがあり、クレージーキャッツが好きだった私にとっては大瀧詠一のアルバムのなかでもっとも好きな一枚だ。

その年の六月九日からラジオ関東で、「ゴー・ゴー・ナイアガラ」というラジオ番組を大瀧は始めていた。東京に出て来てから、ほとんど映画館にいた私はそれに気がつくのは遅かった。毎週、あるいは二週にわたって一人の音楽家を紹介しその解説をする。大瀧詠一が福生にある自身のスタジオでそれを作っているのは、時折、横田基地を飛び立つ戦闘機の音で知った（その音がすると大瀧はそれをきまって口にする）。その番組はのちの『A LONG VACATION』にいたる研究を意味していたのだろう。

ラジオはやはり小学生の頃からよく聴いていたし、中学に入ると深夜放送を知る。そこでさまざまな音楽を聞いたが、まだ私がもっとも熱心に深夜放送を聴いていた頃（なにしろ、深夜になると全国のAMラジオの電波を拾うことができたので、関西の毎日放送や、北海道放送、そしてラジオ関東をかすかな音を頼りに聞いていた）、ラジオによって中学生の頃から多くの洋楽を知った。お手本は、湯川れい子や糸居五郎であり、亀渕昭信、そしてFENだった。ラジオ番組「ゴー・ゴー・ナイアガラ」の一九七五年九月二十九日の回は「Niagara Special 1」と題されて放送された。大瀧が立ち上げたナイアガラレーベルからすでにデビューしていたシュガー・ベイブの曲が流れる。たとえば「パレード」が印象に残ったし、さらに山下達郎、大貫妙子を知った。

音楽はなんでも好きだった。もちろん苦手な種類の音楽がなかったわけではない。するとつい人は、「演歌が嫌い」とか「フォークソングが苦手」「ヨーデルはどうもねえ」と口にするが、ジャンルはそれほど気にすることではないだろう。いい音楽と、そうでもない音楽がある。と書けばYMOの八〇年のアルバム『増殖』に収められた、スネークマンショーによるスケッチのようだが、いい音楽を聴きたかった。それは遡って加藤和彦がプロデュースし鮮やかな色合いの「結婚しようよ」になる。あるいはまたべつの場所にごく地味な感触の音楽もある。

カントリーに対する「シティ」　ブルースからポップに。

一九七八年にシティ・ポップという言葉はあっただろうか。

ニューミュージックはたしかにあった。中村とうようが編集長をしていた「ニューミュージック・マガジン」が、その誌名から「ニューミュージック」を取り払い、いまも刊行されている「ミュージック・マガジン」になったのは、資料によると一九八〇年のことだという。時期についての記憶は曖昧だが、ただその前号の編集後記で誌名変更の告知があったのはよく覚えている。「ニューミュージック」が自分たちの考えていた意味とは異なって使われるようになったからだという意味の、中村とうようの言葉がそこにあった。それが一九八〇年だったのは知らなかった。もっと早くから変わっていたと思っていた。というのも七〇年代の半ばからすでに「ニューミュージック」がシーンを席巻していたように記憶していたからだ。その年（というのは先に書いた一九七八年のことだが）をよく覚えているのは、一年休学して大学に戻った年だからだ。なにかが変わったと気がつくのにそんなに時間はかからなかった。まだ髪が長い者もいたが、髪を切って短くし……しかし、就職が決まって、髪を切ってきたとき、という、いや就職活動のときこそ髪を切るべきではないかと、聴く者を不可解な気持ちにさせた歌は一九七五年にヒットしたが、七八年に見た短い髪はそこで歌われた髪の長さや髪型とはまったく異なる。なかにはどうやったらそうなるのかわからないほど髪をツンツン立てていた者もいたし、あるいは突飛な髪型でいったらなによりモヒカンだっただろう。

セックス・ピストルズのことをなにも知らなかった。

ようやく七九年ぐらいになってパンクやニューウェーブを聴いた。それらもまた、シティ・ポップに与えた影響は大きかった。音楽性だけではなく、それはファッションであり、思想だったにちがいない。それからしばらくして、同じ年、大学の友だちの車でどこかに出かけるときなにか音楽を聴こうと誰かが言ったのでリュックに入っていたカセットテープを何気なく渡した。なんの音楽が入っているか確かめなかったら、カーステレオから、いきなり生ギターの低くて奇妙に揺れ割れたような音が響き、それを聴いた海老原（大学時代の友人）が間髪入れずギターの音を遮って、「もっと明るいのにしようよ」と唾でも吐きかけるような口ぶりで言った。渡したのはライトニン・ホプキンスの歌が入ったテープだ。その情景をいまになって回想すると、ライトニン・ホプキンスのカントリー・ブルースは、たしかにカーステレオとドライブには似合わなかった。

その頃、友人たちは吉田美奈子の何年か前のアルバム『ＦＬＡＰＰＥＲ』が好きだったし、なかでも「夢で逢えたら」がみんなのお気に入りで、もちろんそのアルバムはうちにもあるが、その当時、吉田美奈子に憧れていた友人たちも、そして私も、作曲したのが大瀧詠一だと、そこまで考える知識はなかった。というのも、私にとっては、そちらの方向へ誘ってくれたアルバム『ＮＩＡＧＡＲＡ　ＭＯＯＮ』を作ったアーティストの歌だと知ったのは「ライトニン・ホプキンス・カーステレオ事件」からしばらくしてからだった。

いまになって考えると興味深いのは、ロバート・ジョンソンやライトニン・ホプキンスの音楽を（一義的には言えないものの）カントリー・ブルースとすれば、その対義語にあたるのが、「シティ・ポップ」ではないかという奇妙な符合だ。カントリーに対する「シティ」だ。ブルースのむせび泣きとはまったく無縁な「ポップ」だ。

では、どこで、誰によってブルースのような音はポップに変容したのか。ブルースのような音についてＵＲＣやベルウッドから作品を発表していた何人かのシンガー（友部正人、シバ、南正人……）をそう表現していいと私は考える。そうしたブルースから、八〇年代へと続く時代の空気としてのポップに音楽は変化した。するとやはり、加藤和彦の名前を忘れるわけにはいかない。荒井由実の七五年のエッセイ、七八年の、細野晴臣、坂本龍一、高橋幸宏によるＹＭＯの登場、八〇年の山下達郎の『ＲＩＤＥ　ＯＮ　ＴＩＭＥ』と、その翌年の大瀧詠一による『A LONG VACATION』は音楽シーンを一変させるほどの衝撃があった。さらに八四年に刊行されたシンプジャーナル別冊『大瀧詠一のゴー！ゴー！ナイアガラ〜日本ポップス史〜』に収められた、大瀧による「分母分子論」だ。一九七二年、七五年、七八年、八一年、八四年。そのときこの国の音楽に変容があった。だけどそれは点ではない。面でもない。

線として流れている。

Ⅲ

概念化から逃れた「表現」のあり方を思う日々

――宮沢章夫ロングインタビュー――

「ラジカル・ガジベリビンバ・システム」の都会的かつナンセンスな笑いで、松尾スズキやケラリーノ・サンドロヴィッチに影響を与えたサブカル界の雄という顔を持つ一方、小説やエッセイ、評論も書くといった文筆活動を続け、早稲田大学の教壇にも立つ。多面的に仕事を広げていく宮沢章夫だが、その胸の内では自らを「演劇人」と自覚する。02年に演劇活動を再開してから、発表する舞台の本数は微減。寡作傾向にあるものの、主宰する演劇ユニット「遊園地再生事業団」は、今年で20周年を迎えた。新作『ジャパニーズ・スリーピング／世界でいちばん眠い場所』のテーマは〝眠り〟。いま、宮沢章夫は何を考えているのか？　ある昼下がり、約120分のロングインタビューを敢行した。

（構成・田中大介）

眠りをテーマにした新作舞台

――5月30日から3日間、新作『ジャパニーズ・スリーピング／世界でいちばん眠い場所』のリーディング公演が行なわれました。10月に本公演が幕を開けますね。

まあ、おおざっぱなことを言うと、物語じゃないものをやっていこうという考えがあってこの作品は始まっているんです。演劇はドラマじゃなくてもいいわけで、演劇的なるものは、ドラマとは別のところにもあるはずなんですね。だとしたら、ドラマから逃れて、一瞬一瞬が演劇的な情景となって表れ、それが舞台表現になればいいと思うんですよ。やっぱり筋を追うのが当たり前だと観客は思い込んでる。そんな意識で舞台を観てしまうでしょ。それとはまた別の見方があるはずで、観客にそれを了解してもらえる方法が何かないかな、ということがひとつのスタートなんです。

――リーディング公演では、シーンがチャプターで区切られていて「順番通りに進むとは限らない」とスライドに書かれていました。

あれは、一応俳優がト書きを読んでいるという意味合いで出したんです。戯曲に登場人物という存在があって、俳優はその登場人物になって台詞をしゃべる。俳優がその登場人物になるということ自体からも逃れる。そう考えると、その人がしゃべっていることはテキストに書かれた何かであって、いわゆる〝役〟がしゃべっているんじゃなくてもいいんだということがあると思ってやったんだけどね。

――本公演に向けて戯曲はこれから書き直すことも？

書き直すし、書き加えるつもりです。リーディング公演は1時間とちょっとだったから、あと30分くらいは足します。それからリーディングよりも役をひとつ増やそうとしているんですけど。キャストを増やすんじゃなくて、台本上の役をひとつだけ増やそうと……。こないだまでそれがどんな役柄だったか記憶してたんだけど、忘れちゃったんです（笑）。

思いついたときはいいと思ったのに、なぜメモに取らなかったんだろう？　いま思い出している最中です。ツイッターにつぶやいておけばよかったですよ（笑）。確かね、３人の眠れない男たちが出て彼らが話を展開させるんだけど、そこに眠りについて何かを商売にしている人物を加えることを思いついた。外部の何かを入れるのがいいと思いついたのは3週間くらい前です。

――眠りについて書こうと思ったそもそもの経緯には、ご自身の経験も含まれている？

なぜか3時間で目が覚めてしまうんですね。まあ睡眠異常なんだけど、なぜなのかよくわからない。本を読むなどして調べていくうちに、睡眠の障害というのはとても都市的な病ではないかと考えるようになって。現代は情報がいつでも手に入る。例えばネットにしても常に情報が入るでしょ。24時間覚醒させられるという事実があって、眠りそのものが変容していくことには時代的な意味合いがある。眠りについて考えていくと、現代のある断面が見えてくるかもしれないと思う。僕自身が睡眠異常だということもあるけれど、１００人いれば１００人の、眠りの困難を抱えているのではないかと思うんです。眠りをテーマにすることで、ある種の普遍性も存在するだろうし、共有できるものもあると思います。

――エッセイでも睡眠異常というか、眠りにくい毎日についてお書きになっていました。いまは多少改善されましたか？

眠りに入るのは以前より楽になりましたけど、やっぱり3時間で目が覚めますね。長くて5時間くらいです。15時間寝たという人がいるけど、あれ、なんでだよと思いますよ。たまげますよ（笑）。

――レム睡眠のリズムは90分単位といいますが、宮沢さんが目覚める3時間というのは、ちょうど眠りが浅くなるタイミングかもしれません。

ああそうか。でも僕は最近、寝起きもよくなくて。昔は割と寝起きのいい方でしたが……。で、思うんですよ。〝だいたい寝起きって何だ〟と（笑）。寝起きがいいとか悪いとかという現象はいったい何ですかね。僕の知っている人の話ですけど、その人、すごく寝起きが悪くてね、学生時代に友だちの家に泊まって、朝その家のお母さんが起こしにきたら、「うるせぇっ！」て怒ったっていう（笑）。どこで寝てるのかもわかんなくなっちゃったんですね。

戯曲執筆は「タイトル先行」

――作品を書くにあたり、資料は手に取られましたか？

いろいろ読みました。結局、睡眠のメカニズムははっきりとは解明されていないんですよ。それで生理学的な意味とは別に睡眠には、生きるうえで必要な価値や意味があるんじゃないかと思うんですね。寝ている瞬間というのは、つまり別の意識になっているわけじゃないですか。別の意識のなかで別の世界に生きているとなると、それは人間にとって必要な時間なのではないかと思うんです。夢を見るとか、無意識のなかで過ごすことが人間に力を与えていると解釈することもできる。それを書きたいんじゃないかなあと。

――思いつきでタイトルを決めたとか。

そうです。いつでも僕はたいていタイトル先行ですけどね。タイトルがないまま作品を書くと、今度はタイトルを考えるのに悩んであまりうまくいかない。戯曲より先に、眠りについての小説を書いていたんです。その小説のなかに芝居を観ている設定があって、そのなかでやっている芝居を書こうと思ったんですよ。ここで芝居を書くと相互に連関し合いながら面白いことがあるんじゃないかと。あとは死の問題ということも繋がっていくのかな、と思います。「永遠の眠り」とか「死んだように眠る」とか、眠りを死と結びつけて考える傾向にありますよね。要するに眠りは死のメタファーである、と。死の問題についてもサブテーマとしてうまく書きたいですね。僕の子どもの頃のスターや父親の世代が死んでいく時期になったので、あらためて死を考えてみたいと思います。それからかつてのドラマでは、「死」は安易に劇のうえで悲劇を作り出せるモチーフとして使われてきたわけですよ。そうではない方法で死について語ることは可能か。三浦大輔君の『愛の渦』を読んですごくいいなと思った部分があって、あれ、岸田戯曲賞の受賞作ですけど、ほかの候補作はラストまでに誰かが死ぬのに、彼の作品だけ誰ひとりとして死なない。こんなロクでもない人たちなのに死にもしない（笑）。そこに魅力を感じた。死を安易に語ると安っぽくなるんですよ。それを回避して芝居を書けないか。ある小説で集団自殺するという話を書こうと思った時、地図を見てどこを舞台にしようかと思ったことがあって。パッと見て思いついたのが榛名山で。で、行ったんですよ。榛名山まで。榛名湖って湖もあるけどひどくさびれた観光地で小説にピッタリな雰囲気だったんですね。で、よくよく思い出すと榛名山って忌まわしい土地なんです。まあそんなこと言ったら近くに住んでいる人に怒られますけど（笑）。というのは、大久保清が若い女性を殺して埋めたのもあのあたりだし、連合赤軍による山岳ベース事件で、あの付近で8人が死んでる。死を描くなら、もうここに違いないと思うくらい忌まわしいですよ。小説はまだまとまらなくて、直そうと思っているところです。どうにか上手に本公演の内容と関連づけて書けないか苦労しているんですが。

リーディング公演が既定路線に

――例えば、「惰眠を貪る」という言い方があって、どうも「眠る＝サボる」というような図式が世間に流布している気がしてなりません。

日本人ってだいたい昼寝しないでしょう。外国の人は休むよね。商店なんてシャッターも閉じちゃって。その分彼らは夜遅くまで起きているみたいだけど……。まあロクでもないよね、アイツら。だからダメなのかな（笑）。その余裕の生き方はうらやましいけど、ともあれ日本では「寝る」ということを否定的に捉えられがちですよね。それでもやっぱり、睡眠には何かしら可能性があるのではないかと僕は考えます。誰が書いた言葉だったか正確な引用じゃないですけどね、どこかの、ある種のアフリカとかの部族の人たちは夢をすごく大事にしている。子どもが夢を見たとなると、父親ら大人たちがどういう夢だったか夢の内容を聞いて子どもにアドヴァイスする。そこには何があるかっていうと、おそらく自身の内面との出会いだと思う。それが睡眠のひとつの可能性ですね。フィジカルな部分での肯定とは別に、人間の精神において必要とされているのではないかと。

――リーディングや準備公演を『ニュータウン入口』のときも行なわれました。今後の遊園地再生事業団の公演での既定路線になりますか？

何がいいかって、本公演の稽古までには戯曲をちゃんと書いていますからね（笑）。書いて、それから直していく作業というのを本公演の稽古の前にできるのは意味があります。今回は準備公演をやらないですが、戯曲を書くうえでも非常にいいことです。

――役者さんにはどういう影響があるのでしょうね。

自分たちが何をやろうとしているのかが分かるでしょう。作品そのものについて考える時間が増えることになる。稽古も含めて、作品について関わる時間が継続していきますから。それから当たり前だけど、リーディングや準備公演はワークイン・プログレスとしての意味合いも持ちますからね。

――ところで、エレキコミックのやついいちろうさんが初参加しますね。これまで宮沢章夫ファンを公言していましたし、雑誌の対談もありました。初めてなのは意外なような気もします。

昨年、ある場所で食事を一緒にしてるとき「出る?」って聞いたら「出る」って言うんですよ。一昨年は病気していたから確か去年だったと思うんだよなあ。まあそんなくらいのきっかけです。

受験勉強せず、多摩美に合格

――この取材は約1万字に及ぶロングインタビューなのですが、新作以外のこと、宮沢さんご自身のこともお聞きしたいと思います。宮沢さんは静岡県掛川市にお生まれになって、ご実家は建築業を営んでいたため、小さい頃は家業を継ぐものだと思っておられたとか。

そういう風に思い込まされてましたね。中学くらいになって反抗期を迎えてですね、疑問を持ち始めるわけですよ。もっとやりたいこともあるし。田舎が嫌で、比較的開けている浜松の高校に進むんですけど、普通に頼んでも浜松には行かせてくれないだろうから建築科のある高校に行ったんです。継ぐつもりはほとんどなかったけど、建築科に進むと言ったら行かせてくれた。本当はただ浜松に行きたかっただけなんだけどね。建築に関わっていないと行かせてくれなかったですからね。文学部なんてところに行こうものなら、殴られるか理解されずにいるかのどちらかですよ。

――高校時代はどんな生活を？

まあ勉強しなかったですよ。今日、中島らもさんの命日だってことを知ったのですが、中島さんは灘高出身ですよね。で、大阪芸大に行くんです。僕もよく分かるけど、美大に進むヤツってたいてい高校時代にダメなヤツになっているんですよ。僕がそうだけど、中学までかなりいい成績なんだけど高校に入った途端、勉強しない人間になる（笑）。僕、受験勉強もしてませんよ。デッサンも何も知らないまま美大を受けた。多摩美に行くことになったけど、ほかは武蔵美しか受けなかった。それでよく合格したよな、ほんと。美術大学に建築科があるって知ったのは高校3年の秋ですからね。建築科というと、だいたい理系だけど、そっちの大学に行く気はまったくなかった。だからちょうどよかったんですよ。親には建築科に進むといえば反対されないのは知っていたから、もう大学入る頃は家を継ごうとはほとんど考えてませんでしたね。

――そうやって入った多摩美で竹中直人さんにお会いになって。

そうだね。だけど竹中と知り合ってすぐに演劇を始めるということでもなく。彼は俳優を志して活動を始めていたけれど、僕は演劇を観始めたのも結構遅くて、21歳くらいのことでした。演劇ってものを意識するのが遅かったと思いますね。高校入学したとき、演劇部に誘われたけど「結構です」と即答で断りましたから（笑）。大学に演劇部はあったけど、気持ち悪いから関わりませんでした（笑）。で、高校時代はギター部。

――ギターを弾くのが活動内容ですか？

そうです。山岳部は重いリュックを背負って階段を登っている部だったのでよく見ましたが、あまりこれは関係ない話ですね。今もギターはたまに触りますけどね。ギター部はね、それぞれバンドを作ったりして、まあそんな活動ですよ。演劇なんてねえ、高校時代の静岡にまで公演に来るのは民藝くらいのもので。小学校のときに観賞会などで観たものもありましたけどね。ああいうのってたいてい退屈だからね（笑）。

放送作家の活動をスタートさせ

――演劇よりも先に、放送作家としてのお仕事をスタートさせていますね。

大学は一度休学してから復学して、それで中退なんですけど。何もしてない時期に年長の知り合いに誘われて。見るに見かねて声をかけてくれたんですね。それでラジオの仕事の手伝いから始めたわけですけど。シナリオライターになりたいなとか思って、そういう学校に通ったこともありましたが、まさか自分が演劇をやることになるとは思っていなかったですよ。ただ、観ていることは観ていましたよね。様々な演劇を。

——どんな作品を？

唐十郎も、つかこうへいも。柄本さんの乾電池も。野田さんを観ていたのはもう少し後かもしれないけど。あの頃は、つかさんの人気があった時期で、『熱海殺人事件』が73年初演だから。一番熱心に観たのは黒テントだったんじゃないかな。平野甲賀さんがチラシやポスターのデザインをしていたから。そもそも平野さんのファンで、よく装丁をしていた晶文社の本も大好きでしたね。

——平野甲賀さんをきっかけに黒テントを観に行くようになった……。

そう。当時、彼らのやっていることがものすごくカッコよく見えた。「赤い教室」というのが当時黒テントが運営していた演劇学校の名前なんだけど、本気で行こうと思った時期がありました。そのころ、竹中が青年座の養成所に通っていて、研究生の公演を観に行ったこともあったけどね。なんでこんなカッコ悪いところでやっているんだと思いましたよ。「なんだこれ」（笑）って。あまりのカッコ悪さに驚愕しまして。でも結局、黒テントの赤い教室にも行かなかった。

――それからしばらくして、放送作家として活躍していた宮沢さんのもとに、竹中さんから芝居の誘いがあるんですよね。芝居を書いてみないかと。

そこにシティーボーイズの3人がいて、ラジカルの活動になっていくんですけど。シティーボーイズのライブか何かを観ていましたが、面白くなくて。最初は全然彼らに興味がなかった（笑）。だけど、実際やってみるととても巧い人たちですよね。ただ「こういうことをやったらつまらない」という考え方を変えていくのが大変でした。それにはやっぱり時間がかかる。まあ単純に言うとつまんないことはやらないようにしましょうということなんですけど。

――いま考えると錚々たる面子で活動した「ラジカル・ガジベリビンバ・システム」ですが、役者さんは宮沢さんが志向しているスタイルと違うところにいた人たちですよね。シティーボーイズも俳優養成所を出ていますし、竹中さんも青年座出身。若干新劇寄りで、比較的演劇教育を受けていた人たちとラジカルで革新的なことをやったように思います。

それまで演劇的であると思われていたことをどうにかしてやらないかというのがテーマだったんです。やっぱりいとうせいこう君の存在が大きいんじゃないかな。彼自身、何がカッコよくて何がカッコ悪いか分かっていたし。彼がやりたいものに僕も好きな新しさがあったように思いますね。

――ラジカルの活動は約5年程度で、とても短い期間でした。

その頃は放送作家の仕事もしていたけど、よくよく考えたら僕が放送作家をやっていたのだって7年くらいなんですよ。すごく短いですよね。当時僕の演出助手をやった連中で放送作家になったヤツが、今は20年近く放送作家を続けていることを思うとビックリしますよ。

——放送作家生活を早々に切り上げたのはなぜでしょうか？

あの頃の生活はあんまり鮮明な記憶として残ってないんだけどね。放送作家を始めてから割とすぐに売れたんです。それで飽きたってことはあるかもしれない。まあ、これ言ったら怒られるけど、正直、1年ぐらい仕事して気がついたら、僕より面白い人がその業界にいなかった、と（笑）。

——実際周囲には面白い人と思える仕事仲間はいなかったんですか。

いなかった。バカばっかりだったんですよ（笑）。瞬間、瞬間で面白いことをできるから、それなりにやりがいのあるメディアだとは思っていた。僕と考え方の違う人と組んで番組を作るときはそれなりに数字を獲れるんだけど、反対に僕と同じ志向のディレクターなんかと一緒に仕事するとビックリするくらい視聴率が低いわけです。日曜日の夜9時に『花王名人劇場』という人気番組があって、僕がやったときは5％でしたから。タモリさんがメインでその数字。驚きますよ（笑）。日曜のゴールデンで獲る数字じゃないですよ。テレビの仕事は結局、飽きたし、自分のやりたいことじゃなかったのかもしれない。やりたいことを比較的できるのが舞台だったのかな。テレビというのはどうしても商業的に成り立っているし、事実ビジネスなんですよ。それをクリアできなければいけないわけだし、その商業的思考の中でヒットさせることができる人もいるわけで。僕はそれをやらないのではなくて、できない（笑）。どう頑張っても視聴率的にヒットしないんだからしょうがない。数字獲れないんだから（笑）。だとしたらやっていてもしょうがないと思ったんでしょうね。昔はテレビに余裕があって、実験的なことでも許された時代でした。実験しましたね、でたらめなことといっぱい。いまのテレビだとできないだろうね。

人生、先のことは考えない

――仕事をすべて辞めて、半年間マダガスカルで生活したんですよね。

とりあえず全部仕事辞めて、何も考えずに行った。あの時期にこれまでの生活を清算できた意味では大きかったと思いますね。行ってからの人生を何も考えていなかったし、いっさいアテもなかった。でもまあ何とかなるだろうなとは。それまでに小説を書かないかとか、いろいろ誘いの話もあったということがあるかもしれないけど。だいたい先がどうなるってことは関係ない。そのときに抱えた状況下でどう生きるか考えていけばいいわけですよ。あの……。バカがね。

——えっ⁉

あるバカと前に話していたときのことなんですけど。そのバカにいまみたいな話をしたんだよ。そしたら「その根拠のない自信はなんですか？」って聞くわけですよ。それは自信とかそんなじゃなくってさ、もうその時点で考え方がまったく違うんだよね。やっぱもうコイツ、バカだからしょうがない。バカとはしゃべってもしょうがないよね。自信云々じゃないんだよ。「根拠のない自信」という発想は、きわめて狭小な生き方のなかで生じるある価値のありようでしかない。僕はもう、いまをどうするかという考えでその都度生きているわけだから、仕事を辞めて、「休む」ことと「自信」ってつながらないんだけどね。先のことはどうでもいいんです。こうでなければいけないという生き方もない。

岸田戯曲賞受賞をきっかけに

——帰国後、『遊園地再生』を上演し、それが遊園地再生事業団のスタートとなります。

先のことなんて考えていなかったから、別に舞台でやっていこうというつもりもなかったですね。以前からラジカルの舞台を観ていた人に声をかけられて、誘われて舞台をやることになった。作品のタイトルが『遊園地再生』で、ユニット名のようなものが必要だってプロデューサーに言われて、じゃあ『遊園地再生事業団』でいいやと（笑）。で、その『遊園地再生』を観た人から声をかけられて『ヒネミ』を上演した。それがなぜか岸田戯曲賞を受賞したんですよ。『ヒネミ』を書いて、これを最後の舞台にしようと思っていたんですけどね、受賞しちゃったもんだから……。物事というのは結果ですよね。目指してそこにいくんじゃない。たまたま獲ってしまった。岸田戯曲賞を獲ろうと思って『ヒネミ』を書いたわけではないですから。最後の作品だから、今まで書いたことがないものにしようと。これまで自分が語ろうとしなかった少年時代の話や、子どもの頃、身の回りで見たことのある出来事を盛り込んだ。評価されたことは非常にうれしかったし、そのことによって励まされた。もっと書けと言われているように思って、そういうことなら続けようと。背中を押してくれた人に報いなければならない。それであらためて演劇をやっていこうという気持ちになったんです。

――『ヒネミ』を最後にしようと思ったのはなぜだったんでしょう。

大変だから（笑）。演劇をやるのはとても大変だなあと思って（笑）。僕自身には借金はなかったけど、お金もかかるし、『遊園地再生』で赤字が1000万円も出たし。

――宮沢さんはご自身をどういう出自の人だと認識していますか？　宮沢さんを劇作家と思っている人もいれば、エッセイを書く人だと認識する人も。学生たちにとっては大学の先生でしょうし。例えば、海外で職業を聞かれたら？

うーん。海外で聞かれたらどう説明するかなあ。でもやっぱり演劇人だね。自分を一番育んでくれたのは演劇という場だと思うし、だってもうかれこれ遊園地が20年で、一番長くやっている仕事になりますから。小説も書きますし、これからもっと書くかもしれないけど、何について一番考えていたかというと、やっぱり演劇について考えてきた。圧倒的にその時間が長いと思う。演劇はやっぱり自分の仕事なんだろうなと思ってますけどね。

――ところで、いまお弟子さんがいるとお聞きしました。

これまでとったことがなかったけど、面白そうだったので初めて弟子をとりました。阿部というヤツです。まったくもって僕に興味のない人間を弟子にとったんですよ。弟子なのに僕のことを何にも知らないんです。何にも弟子らしいことはしません。たまに会うだけ。荷物も持たないし、僕の近くで酒ばかり飲んでいる。で、僕が阿部をクルマで送るんです。それで弟子ですよ。弟子のくせに運転すらしない。しかも、師匠についてなんの興味もない（笑）。

――それは広義で友だちみたいなものではないですか？

阿部とは友だちではないです。まだ22歳とかそれぐらいですよ。まったく正しい弟子です（笑）。

太田省吾の勧めで大学教授に

――すみません。また話は変わりますが、大学教授のお話もお聞かせ願います。2000年、京都造形芸術大学の舞台映像芸術学科に着任されますね。大学の先生の誘いを受けたのはなぜだったのですか？

考えてもみれば、もう10年も大学をやっているんだね。最初に話があったのは99年で、翌年の秋に始めました。（受けた理由は）まあ、やっぱり京都だからね（笑）。ま、それは冗談としても、なにより、太田省吾さんに呼ばれたのがうれしかったんですよ。

――実作者が大学で教えるとなると、制作の時間を削るなどしなくてはならないですよね。それでも大学を選んだのは？

さっきの話に戻るけど、先のことを考えていないんですよ。やりたいと思ったらそれをやる。かといって僕は教えたいと思ったのかというとそうでもなくて、やっぱり太田省吾の近くで何かを学びたいと思って。そばで見るのが一番大事なことですよね、何よりも。その人の振る舞いみたいなものが一番勉強になる。太田さんに学びたいから京都に行ったんですよ。聞きたかったことはたくさんあった。亡くなられた後に「あのことを聞いておけばよかった」と思うのはありますけどね。ただ、太田さんの文章を読み返して、ようやく分かったことがある。難しいですからね、太田さんの文章は。分かりやすく書いてはくれません。なぜかというと分かりやすく書いてしまうこと自体を否定しているからですよ。それはべつに思想書のような「難解な文章」という意味ではないですよ。表面的には平易な文章です。だけどむつかしい。こないだも授業で読んだ太田さんの文章に、「人はものを概念化する目で見ている」という意味の一文があったんですね。例えば（テーブルに置いていた腕時計を指し）これは時計だと思った瞬間に人は見なくなる。名前を出現させたとたん理解した気になる。ところがそうじゃないはずなんだ。もっとよく見なければいけない。そのために概念化せずに見ることが必要になる。作品においても観る側に簡単に概念化させてはいけない。そうされないための表現方法があると太田さんは問うんだけど、かなり難しい。だって人はすぐに概念化しようとするじゃない。理解したいから。一番理解しやすい方法に、似たものを探すということがある。人に会って「誰かに似てるね」と話すことはもっとも簡易な概念化なんですよ。映画を見て、何々に似た作品だということも、とても簡単な映画の理解の仕方ですよね。太田さんはそういう概念化から逃れた表現のあり方を模索した。だから転形劇場は台詞のない無言劇をやり、人の通常のスピードとは違うゆっくりとした動きを方法化した。僕はこういうことを太田さんから学んだ。太田さんの近くに行って学ぶことが僕に必要だったというか、そうしたかったんです。早稲田の授業で太田さんの文章を読むときも、文章の分かりづらさについて説明するわけですが、説明することが概念化ですし、学校で教えることは何にしても概念化なんです。それが大学で教えていることのジレンマです。

――これだけ仕事の内容も増え、いろいろなことをしていらっしゃいます。いまやりたい

ことは？

詩人になりたいと、たまに思いますね。高校時代に憧れていたけど、最近再燃しました。だいたい小説よりも短いでしょう（笑）。そんなこと言ったら怒られますよ、詩人に（笑）。いま、授業でボブ・ディランやアレン・ギンズバーグなどの詩を学生に読ませているんです。あの時代彼らがなぜ、この言葉を使ったのか。美しい言葉だけが詩ではない。もっと人の心を逆なでするような言葉もある。それでもなぜこんなに我々の心を打つのか。太田省吾は、演劇は詩に近いものではないかと言っていました。それはドラマや物語ではないということとつながると思うんですが、そういう観点からも演劇を見つめ直すことができる。そういう意味で詩には魅力があります。

遊園地再生事業団、結成20年

――いろんなお仕事をなさるように、宮沢さんの演劇的手法も20年の間に変化しました。『知覚の庭』など会話の応酬で広がる劇から、『トーキョー・ボディ』以降の作劇のスタイルは変容しましたが、今後もその手法は変わっていくのですか？

ずっと同じ方法でやり続け、ひとつの方法のなかで異なるものを語ろうとする人たちというのを否定するわけではないですが、新しい方法、つまり道具を手に入れて変わることが好きなんじゃないですかね。新しい道具を発明する、開発することに驚きがあって、それに刺激されるわけです。発展することに喜びを感じるというのはあると思う。同じことをやっていてもしょうがないでしょう、まあ、飽きっぽいんですよ。第二の人生にも飽きるとかね（笑）。よく第二の人生なんて言いますけどね、あれなんでしょうね？　第五の人生って言わないよね。でも僕も学生から演劇をやるまでを分けると第四の人生まで行っている気がするな。

――20年を経て、遊園地再生事業団の展開はどうなりますか？

これからは……。一生懸命やる（爆笑）。これまではそんなに一生懸命でなかったんですけど、20年経ってようやくそれに気がついた（笑）。歳も歳ですし、だからもう一生懸命やります。残された第五の人生を（笑）。

初出一覧

Ⅰ　オール・アバウト・ネクストマンス

『読楽』（二〇一四年五月号～二〇一五年一二月号）にて連載

Ⅱ　私的シティ・ポップ論

「自粛への直感的な違和感」『東京人』（二〇二〇年八月号）

「私的シティ・ポップ論」『東京人』（二〇二一年四月号）

Ⅲ　概念化から逃れた「表現」のあり方を思う日々

——宮沢章夫ロングインタビュー——

『演劇ぶっく』（二〇一〇年一〇月号）

宮沢章夫

Miyazawa Akio

一九五六年、静岡県生まれ。劇作家・演出家・小説家。劇団「遊園地再生事業団」主宰。放送作家として活動中、シティボーイズ、竹中直人、いとうせいこうらとの演劇ユニット「ラジカル・ガジベリビンバ・システム」の作・演出を担当。その後、遊園地再生事業団を立ち上げ、『ヒネミ』で第三七回岸田國士戯曲賞を受賞。『時間のかかる読書――横光利一『機械』を巡る素晴らしきぐずぐず』（河出書房新社）で第二一回伊藤整文学賞を受賞。『牛への道』（新潮文庫）、『長くなるのでまたにする。』（幻冬舎文庫）などのエッセイで人気を博す。『サーチエンジン・システムクラッシュ』（文藝春秋）が第一二二回芥川賞候補、第一三回三島賞候補に選ばれるなど、小説も多数発表。早稲田大学文化構想学部教授として後進の指導にあたった。二〇二二年九月、逝去。

きょうはそういう感じじゃない

二〇二三年六月二〇日　初版印刷
二〇二三年六月三〇日　初版発行

著　者　宮沢章夫
装　幀　アルビレオ
発行者　小野寺優
発行所　株式会社河出書房新社
〒一五一－〇〇五一　東京都渋谷区千駄ヶ谷二－三二－二
電話　〇三－三四〇四－一二〇一［営業］
〇三－三四〇四－八六一一［編集］
https://www.kawade.co.jp/

組　版　株式会社ステラ
印　刷　株式会社暁印刷
製　本　加藤製本株式会社

Printed in Japan　ISBN978-4-309-03111-8